Esto no es amor
de Christel Guczka

Esto no es amor
de Christel Guczka

Primera edición, mayo de 2014

D.R.© 2014 Christel Guczka

D.R. © 2014, Ediciones B México, S.A. de C.V.
       Bradley 52, Anzures DF-11590, México
       www.edicionesb.mx
       editorial@edicionesb.com

ISBN: 978- 607- 480- 577- 2

Impreso en México | *Printed in Mexico*

CHRISTEL GUCZKA

ESTO NO ES AMOR

UNA NOVELA DE VIOLENCIA

B DE BLOK

Barcelona · México · Bogotá · Buenos Aires · Caracas
Madrid · Miami · Montevideo · Santiago de Chile

HALLAN CADÁVER FLOTANTE

El cuerpo de Liza Durán, joven de 16 años, fue encontrado la noche de ayer en el canal de aguas negras de la zona oriente. Una mujer que salió a pasear con su perro dio aviso a las autoridades al percatarse del cadáver flotante.

Con el área acordonada, un equipo especializado de la policía atrajo a la víctima hacia la orilla para trasladarla al servicio forense, donde se realizaron los estudios correspondientes para conocer la causa del deceso.

Los primeros resultados revelan un severo traumatismo craneal y algunas contusiones en el cuerpo de la víctima que podrían haber sido causadas por la caída, señalan los peritos. No se encontró ninguna sustancia tóxica (alcohol o drogas) en su organismo ni rastros de violencia sexual, por lo que todo parece indicar un homicidio por robo, sin embargo, no se descarta la posibilidad de un suicidio, según afirma el oficial del Ministerio Público, dados los múltiples casos semejantes, en los que jóvenes de esa edad se quitan la vida por un amor frustrado; bajas calificaciones, que les impiden continuar con sus estudios o por pleitos con sus padres.

Los familiares de la difunta fueron informados sobre el suceso, por lo que acudieron para reconocer el cuerpo que quedará un par de días más bajo custodia de la fiscalía general para dar continuidad al expediente.

Octubre 19, 2011.

Ni siquiera sé por qué he comenzado a escribir este diario, yo que siempre me burlaba de quienes perdían el tiempo detallando cada una de sus actividades mientras afuera, la vida sigue su ritmo, sin concesiones y esperar a que nadie la alcance.

Lo cierto es que hoy sentí la necesidad de compartir lo que me pasa, sin mayores preguntas, sin recibir consejos de alguien más, sin nada que distraiga las emociones que han comenzado a agolparse en mi pecho. Ahora entiendo a los escritores en su íntima relación con las palabras, en esa complicidad silenciosa y solitaria, en su deseo por alargar y mantener intactos los momentos.

Pero, ¿cómo empezar? «Querido diario» suena estúpido, es una libreta que no tiene ninguna carga emotiva para mí, la compré de oferta en la papelería de la esquina, por tener un rayón en la pasta. Mi idea original era usarla para anotaciones sin importancia, frases que a veces se me ocurren cuando voy en el camión o cuando veo una película en el cine que me llena la mente de imágenes. Los libros también están plagados de ellas, a veces vienen en racimos o en pequeñas gotas dentro de los diálogos de un personaje.

Me gusta pensar que pueden existir otros mundos, que yo les doy vida a través de las palabras y, con el simple hecho de mencionarlos, son como quiero que sean y, al creer en ellos, sólo me pertenecen a mí.

Pero, ¿qué momentos son los que valen la pena conservar? Cuando pienso en mi niñez, recuerdo las muñecas que ahora están arrumbadas en alguna caja del sótano; las fiestas de cumpleaños, en las que compartía con mi hermana la mordida del pastel, entre risas y cosquillas; las llamadas traviesas por teléfono a números desconocidos o las caritas sonrientes que pintábamos con plumón en las mochilas de los amigos.

Todo esto formaba parte de las cosas impor-
tantes, de las que hubiera deseado no despren-
derme jamás. Pero crecí y nuevas experiencias
se han sumado a mi vida, y verme sin la mano
de mamá o papá ya no me da miedo, sólo siento
una enorme inquietud de crear mi mundo, en el
que sólo decida yo.

Y una de estas decisiones fue asistir a la fiesta
de Brenda el viernes por la noche. Su hermano
Lalo, que va dos grados arriba de nosotras,
había ganado un torneo de basquetbol y sus
amigos lo festejarían. Pensé que era una buena
oportunidad para conocer a más personas, ya
que soy de las novatas. Le pedí permiso a mis
padres para ir sola, sin Elena (ella aún va en
secundaria), con la promesa de volver temprano
(cosa que no cumplí, y por lo que ahora estoy
castigada) pero no importa porque, además de
la música a todo volumen, las bebidas prohibi-
das para chicos de nuestra edad y la comida
rápida, en el grupo de los invitados conocí al
chavo más sexy: moreno, de ojos color miel y
brazos de gimnasio que podrían desbancar a
cualquier estrella de cine.

Para resumir, se acercó a mí, platicamos un buen rato sobre mil temas y durante el baile ¡me plantó el beso más delicioso que pudiera existir!, ¡casi muero de la vergüenza al sentir mi cara sonrojada y un temblor en las piernas! No supe qué hacer y me excusé diciendo que ya era tarde y debía volver a casa... Soy una tonta, lo sé, más aún cuando hubiera querido quedarme ahí, sostenida de sus brazos, toda la noche.

Sé que también va en mi escuela, aunque no lo he visto desde entonces. Lo cierto es que no dejo de pensar en él.

Afuera, el granizo parece romper los vidrios de las ventanas, el viento troza las ramas que, insensibles, dejan morir a sus retoños; el agua corre veloz por las banquetas sin detener su paso, sin saber a dónde va. Adentro, silencio. Elena está recostada con los ojos cerrados en su cama, no oye los truenos ni el caos, sólo silencio. Toda ella es silencio coagulado, desde que Liza se fue, para siempre.

Ya no logra escuchar el llanto de su madre detrás de las paredes, las palabras de consuelo se estrellan en una barrera invisible que la cubre y que se escurren sin dejar huella. Cada día despierta, camina, sigue su rutina e intenta sonreír, pero es como si vagara en una dimensión de la que ya no forma parte.

Se siente así: rota, vacía.

Y es que Liza era más que su hermana, era su amiga, compañera, cómplice. Compartían cada uno de sus sueños y temores. Ella era capaz de contagiarle entusiasmo por descubrir cosas nuevas y hacer posible lo inimaginable.

Ambas eran casi idénticas, en apariencia, cuando eran niñas. Pero, de las dos, Liza era la más sociable, la más atrevida, la que gustaba del sol y de caminar descalza por la casa. La que prefería probar nuevos peinados y la que no soportaba la mortadela en el desayuno.

Liza, la que hablaba por las noches hasta caer dormida, de su afición por la parasicología y a la que ningún despertador levantaba. La chica que decidió pasar su decimosexto cumpleaños en la casa de sus tíos, a varios kilómetros de ahí; mientras su hermana Elena, tirada en el césped de su casa, junto con unas cuantas amigas, estudiaba para los exámenes finales.

Nunca viajaban una sin la otra pero, aquella vez, el fin de cursos detuvo a Elena. Y sólo Liza quien, habiendo terminado el primer año de prepa, pudo ir. Ese fue un mes en el que Liza sólo hizo unas cuantas llamadas por teléfono para decir que todo estaba bien; un mes para Elena de andar y desandar sola el camino a casa, tal como debe hacerlo de ahora en adelante.

No es que nunca peleara con su hermana, de hecho, hubo ocasiones en las que pasaban un día entero sin dirigirse la palabra. Los motivos: tomar objetos de la otra sin pedirle permiso o hacer planes con las amigas a nombre de las dos.

Por su parecido, desde niñas habían recurrido varias veces a la estrategia de hacerse pasar por la otra, para aprobar un examen o hacer alguna travesura, pero las cosas cambiaron cuando Liza, un año mayor que Elena, se desarrolló más rápido y las diferencias fueron notorias. Aún así, se mantenían unidas en las buenas y en las malas, sabían que tarde o temprano sólo se tendrían entre sí para apoyarse mutuamente. Al menos esto pensaba Elena, hasta que Liza tuvo que cambiar de grado y de escuela, y sólo se veían en casa, cuando las actividades de ambas coincidían.

Liza pocas veces llegaba a comer con su madre y hermana, y su familia no conocía a sus nuevos amigos. *Es normal, está madurando,* se decían los padres para justificar también sus cambios de humor.

Sin embargo, para Elena era diferente: había notado las llamadas secretas por el celular, los sollozos ahogados en la almohada e incluso los moretones que, recientemente, se ocultaban bajo su ropa. No se atrevía a hablarlo con sus padres, no quería traicionar a su querida hermana quien, poco a poco, la marginaba de su vida. Hoy se arrepiente de no haberlo hecho porque tal vez hubiera evitado el incidente.

Por más que hubiera deseado estar en el lugar de Liza, el destino la había elegido a ella a pocos minutos de llegar a casa.

Sus vacaciones en el pueblo habían terminado. Esa mañana, Liza se despidió de sus tíos y, con maleta en mano, subió al tren. En la estación de llegada debía llamar a sus padres para que fueran a recogerla.

Mientras, en casa, sus padres y Elena esperaban ansiosos, con la cena lista, cuando una llamada de la jefatura de policía los sorprendió. Elena sintió que el estómago se le comprimía como nunca antes.

La muerte de Liza fue casi instantánea, según dijeron.

La secuencia de imágenes que se sucedieron a partir de ahí, también. Los padres llorando y gritando inconsolablemente la pérdida, frente al cuerpo inerte de su hija, postrado en aquella helada plancha de laboratorio.

Y Elena, a unos cuantos metros de distancia, con la mirada fija en las luces tintineantes de aquel cuarto donde jamás imaginó estar. Fue como si, de pronto, los ruidos apabullantes se desvanecieran y sólo el sonido de su respiración y el bombeo de su sangre se escucharan.

No se acuerda con certeza de qué manera logró regresar a casa aquella noche o cambiarse la ropa para ir al funeral, un par de días después. No puede recordar siquiera las personas que los acompañaron al entierro ni las palabras de aliento que, seguramente, sus amigas le dijeron. Todo le parece tan confuso y tan ajeno. Aquel féretro no significaba nada para ella, su hermana no estaba ahí, no era ésa, que yacía sin vida con actitud de espera...

Liza estaba por llegar en cualquier momento, la abrazaría por la espalda y le susurraría un chiste en la oreja.

Liza seguramente estaba en su recámara, leyendo historias de fantasmas, que luego le contaría para provocarle miedo; o tal vez estaría sentada en el puente colgante del parque, tirando piedras al vacío y pidiendo deseos.

Liza no tardaría en lanzar una avioncito de papel, en medio de aquella locura para anunciar que seguía viva...

Pero ha pasado un mes, y desde entonces Liza no apareció más que en sus sueños.

Hay ocasiones en las que Elena cree escuchar ronquidos en la cama de al lado o unos pies corriendo por el pasillo. Otras veces, cree ver las sombras que Liza proyectaba en la pared con sus manos. Sin embargo, toda esa fantasía se desvanece cuando se lo cuenta a su madre y ella se pone a llorar, al tiempo que su padre la reprende por inventarse cosas. Entonces decide callar y creerlo sola, en silencio, aferrándose al olor de su ropa aún colgada en su armario, a los adornos de su buró que se mantienen intactos, así como a la repetición, en su mente, de las conversaciones que tuvieron casi al final.

Liza... Liza...

Noviembre 13, 2011.

Sé que llevo días sin escribir nada, pero sólo dedicaré espacio a las cosas que lo merezcan. Cuestiones como las clases, los paseos domingueros con la familia o las nuevas series de televisión, no tienen nada de extraordinario. Sin embargo, mis encuentros con sir Monahan me llenan de emoción.

He decidido referirme a él así, por si un día este cuaderno cae en «manos equivocadas», desde un inicio sentí que esta experiencia era tan especial y diferente, que quiero guardarla para mí, por el momento. Además, el seudónimo le va de maravilla, porque al igual que el protagonista de la saga de aventuras, es el galán que logra conquistar a la chica misteriosa del barrio (o sea yo).

Podría sonar ridícula ante mis amigos, incluso con mi hermana, si comienzo a bombardearlos con mis cosas de enamorada, cuando ni siquiera sé qué onda con ese chico. Aunque quizá deba corregir eso de «enamorada», es un poco apresurado a tan pocas semanas de conocernos.

Por lo pronto, lo he ido a ver a sus entrenamientos de basquetbol en la escuela. Juega como un profesional, deslizándose en la cancha hasta encestar el balón.

En las últimas ocasiones, por cada anotación para su equipo, entre las gradas, me ha lanzado un beso que me calienta las mejillas. Lo que odio es que, al final del juego, tiene una docena de chicas resbalosas a su lado, tocándole la playera, tomándole una foto «para el periódico escolar» o acompañándolo a los vestidores.

Grrrr, yo sólo me doy la vuelta y me voy fingiendo que no me importa.

Hace dos días me hizo llegar una nota con Brenda, en la que me invitaba a escuchar a una banda de músicos que tocan en un bar, cerca de su casa. La cita era entre semana y por la noche, de modo que, para que mi velada no se frustrara, tuve que inventarles a mis padres que haría un trabajo de investigación con mi equipo y llegaría un poco tarde. Papá insistió en llevarme hasta la casa de mi 'supuesta compañera' (no entiende que ya soy mayor para ir sola) y, cuando al fin vio que entré, se fue tranquilo.

Para evitarme líos con mis papás, llegué a la casa de Brenda y de ahí me fui al bar.

Confieso que, en un inicio, no entendía bien qué hacía yo en un lugar como éste: humo, bebidas, música pesada a media luz... Lo único que me mantenía ahí era la compañía de sir Monahan, quien se comportaba de lo más cariñoso conmigo.

Sus amigos eran los que tocaban esa noche. Mientras esperábamos su turno, pidió unas cervezas para ambos. Jamás me gustó ese sabor amargo que queda impregnado en mi boca, pero no quise parecer una chava fresa y me la fui tomando, poco a poco.

Lo mejor de todo es que, para poder escucharlo, se acercaba hasta mi oreja rozando sus labios en mi piel, mientras me susurraba. Pasaba su mano por mi espalda y, de vez en cuando, jugaba con mi cabello entre sus dedos.

Me convenció de dar la primera bocanada a fondo de su cigarro y, aunque sentí que me ahogaba, me di cuenta de todas las cosas que ignoraba. Cosas que hacen los chavos de mi edad y que me apena no conocer.

Por primera vez, noté lo insípido de mi vida y las pocas emociones que había tenido y que no representaban ni la mitad de lo que sentía esa vez.

El tiempo pasó volando, era hora de volver a casa. Sir Monahan todavía quería quedarse, así que tuve que regresar en taxi.

Llegando a casa, me fui directo a la cama sin cenar. Debía quitarme la ropa con aroma a cigarro y dormir para olvidar el mareo. Lo único que no he olvidado, es el beso que me dio en la despedida y su mano resbalando sutilmente por mi escote. Si mis padres supieran, pegarían el grito en el cielo, pero lo disfruté, me sentí deseada, al fin, me sentí una mujer.

II

Desde el accidente, las cosas cambiaron en casa. Los padres de Elena discuten frecuentemente. Él suele llegar tarde después del trabajo para evitar el ambiente denso que expira cada habitación. La madre está más sensible que de costumbre, habla poco con Elena y ha habido ocasiones en las que confunde su nombre con el de Liza. Al darse cuenta de su error, la abraza llorando.

Por su parte, a Elena le quedan sólo unas semanas para entrar a la preparatoria. No tiene ganas de hacer nada, difícilmente se quita la pijama mientras está en casa y, simplemente, no soporta pensar que, quizá, pudiera encontrarse con alguno de los amigos de su hermana. No ha querido contestar las llamadas de sus compañeras y tampoco integrarse a los festejos de graduación que han organizado en su secundaria.

Tan sólo fue a recoger sus papeles a la administración, en una fecha en la que el resto de las alumnas se encontraban en los ensayos del evento.

Los padres de Elena han discutido la posibilidad de vender la casa y mudarse a otro sitio que no les recuerde la ausencia de Liza. Quizá si intentaran comenzar de nuevo, las cosas serían más fáciles de sobrellevar.

Pero Elena está enojada por no tomarla en cuenta en esa decisión tan importante. Ella no quiere cambiarse de ahí ni deshacerse de las cosas y el espacio que la hacen sentir cerca de su hermana. No puede comprender por qué sus padres son tan egoístas al pensar que, mudándose de casa o cambiando el color de paredes, Liza se borrará de su memoria. No. Definitivamente no permitirá que la alejen de aquello que la mantiene unida a su recuerdo.

Cada mañana que se mira al espejo imagina que es Liza quien está frente a ella, mirándola directamente, queriendo encontrar las palabras que la consuelen de una tristeza que no puede definir ni explicar.

Y entonces voltea a cada rincón de la casa y ahí está su hermana con los pies subidos en el sillón, viendo la tele o husmeando en el refrigerador en busca de comida, dejando la pasta de dientes embarrada en el lavabo o impregnando el ambiente con su perfume preferido.

¿Con qué derecho intentan sus padres arrancarle esos momentos tan vívidos? Es como querer convertirla, de una buena vez y para siempre, en una verdadera huérfana, que vive en un lugar desconocido y vacío de Liza. ¡No, definitivamente no!

Sus padres están preocupados por esa reacción. Lo único que buscan es ayudarse a superar lo ocurrido pero, de momento, parece que ninguno logra comprenderse.

Elena se ha encerrado en su recámara sin cenar. Repasa con la mirada, una vez más, las cosas de Liza. Las toca con cuidado, como evitando perturbar su sueño. Una a una, va sacando las prendas ya arrugadas, los tenis que tanto le gustaban, un par de libros de ciencia ficción que, seguramente, habría leído infinidad de veces.

Mientras coloca nuevamente los objetos en su lugar, en una especie de ritual, de entre la ropa cae una hoja. Parece ser una carta...

Elena teme encontrar ahí algo que desconociera de su hermana, porque lo cierto es que Liza no era la misma de antes.

Sin pensarlo más, abre el papel.

Preciosa, sabes que no soy bueno escribiendo cartas y tampoco expresando mis emociones. Pero hoy que te siento lejos, quisiera alargar mis brazos para retenerte y cubrir con mis besos tus heridas. Sé que fui un imbécil al poner en riesgo nuestra relación por un arrebato de locura que no provino de mí, de mi verdadero yo, sino de otra personalidad que se asoma y me domina.

Aquél o éste que hoy te escribe, te ama desde lo más profundo de su ser y no quiere perderte nunca.

Eres lo más valioso que me ha ocurrido, lo más puro y sincero. No te merezco, sin embargo, te ruego que no te alejes, que me permitas demostrarte mi arrepentimiento y mi deseo de cambiar por ti, porque a tu lado sólo me nacen ganas de ser diferente.

Estoy seguro que podrías encontrar a muchos chavos que te quieran, pero ninguno que te adore como yo, que te piense y te necesite con la misma intensidad. Sólo déjame mirarte de nuevo a los ojos, para que entiendas lo que sufro y lo que soy capaz de hacer por ti.

No dejes que termine de derrumbarme, siento que moriría sin ti.

Te amo, te amo, te amo...
No lo olvides por favor.

Tu sir Monahan

Pero, ¿qué puede ser aquello? Esa carta es de amor.

Su hermana jamás le habló de ningún pretendiente y mucho menos de algún novio con el que se carteara.

En la secundaria, apenas se había besado con un par de chicos en los bailes de fin de cursos, pero sin llegar a más, le parecían "chavos aburridos"... ¿Cómo es que de pronto hubiese pasado tanto?

Elena no entiende nada, así que busca entre las anotaciones de la libreta para saber si existe alguna pista que la guíe en aquel misterio. Sólo encuentra frases sueltas que no parecen tener relación entre sí, y corazones con las iniciales L y A, que no coinciden con el tal sir Monahan. Sin duda, era un seudónimo.

Esa noche, Elena no puede pegar el ojo pensando en su descubrimiento, ¿quién será ese sir Monahan?, ¿qué vínculo podría haber tenido con Liza?, ¿acaso era su novio?, ¿de dónde?, ¿desde cuándo?

Siente que necesita pensar, lejos de ahí.

A la siguiente mañana, Elena marca a sus tíos, pidiéndoles que hablen con sus padres para que la dejen ir a pasar las vacaciones con ellos.

Sin estar totalmente convencidos, debido a su reciente experiencia, sus padres van a la estación del tren para despedirla. No se toman de la mano como solían hacerlo y, justo en el momento en que le dicen adiós, Elena nota que su madre da la vuelta rumbo a la salida y su padre la sigue varios pasos detrás.

Noviembre 28, 2011.

En los últimos días, Elena ha estado seria conmigo: dice que he cambiado y ya no le cuento mis cosas, como antes.

Quizá tenga razón...

Aunque adoro a mi hermana, la verdad es que a veces se comporta como una niña. Es tan ingenua que ni siquiera creo que pudiera comprender lo que me pasa.

Aún fuera de clases, conserva la costumbre de usar faldas largas, blusas holgadas y cero maquillaje. Creo que haber asistido tantos años a una escuela de puras mujeres te aísla del mundo real, ahora lo noto.

Lo cierto es que, desde que conocí a mi chico ideal, la mitad de mi guardarropa no me gusta, es demasiado anticuado y sin chiste. Mamá me ha acompañado a comprar algo más moderno y colorido, aunque me choca que las blusas más lindas me queden escurridas del frente, ¡necesito que me crezcan los pechos ya! He comenzado a usar un poco de rímel y algo de brillo en los labios, incluso me dejo suelto el cabello desde que sir Monahan me comentó que le gustaba más así.

En el salón de clases hay un par de chicos que buscan cualquier oportunidad para hacerme plática o compartir proyectos en equipo, pero sólo me interesa que llegue la hora del descanso, o de la salida, para ir a ver al único que me gusta. Ahora estoy segura que también le gusto, aunque alguna vez mencionó el tipo de actrices que le parecían guapas y no me parezco a ellas en nada: no tengo labios carnosos, piel bronceada ni piernas espectaculares, yo diría que soy una chica común que tuvo la suerte de que uno de los chavos más populares de la escuela se fijara en ella.

Debo admitir que no sólo he cambiado en mi apariencia física, sino también en mis gustos literarios. Ahora leo novelas románticas sobre amores imposibles o trágicos que incluso ¡me han hecho llorar!

Me da por imaginarme que soy una de esas protagonistas que lo dan todo por amor, a pesar de las circunstancias adversas que les depara el destino. Por las noches, puedo quedarme horas soñando despierta, recreando escenas con el personaje masculino, que en mi mente tiene el rostro de sir Monahan, y de pronto verme

envuelta en una pasión desbordada y sin límites,
como en las historias de ficción, donde el final,
en mi caso, no termina en separación.

Conozco menos al sir Monahan real que al
de mi imaginación pero, aún así, ya me siento
enamorada del primero.

III

Tres horas más tarde, en el andén del tren, los tíos, Berta y Ciro, aguardan sonrientes a su sobrina Elena.

Hace poco tiempo recibieron a Liza con preguntas sobre la escuela, la familia, los amigos y demás. Hoy, no pretenden incomodar a Elena con nada de eso, saben de su sufrimiento y sólo la llenan de abrazos y besos. Suben a su vieja camioneta y se dirigen a casa para instalarla.

Elena se siente contenta de estar en esas tierras que no visitaba hace tanto tiempo, para ser exactos, desde que tenía ocho años, en una ocasión en la que se había reunido gran parte de la familia para festejar los treinta y cinco años de casados de los tíos. De ese entonces, sólo recuerda imágenes de un gran jardín y las veredas que conducían hacia el muelle.

Conforme avanzan, el tío le va mostrando cada uno de los sitios emblemáticos del lugar, como si fuera la primera vez: la iglesia con su gran campanario, el mercado, la plaza y su colorido kiosco, el jardín principal y, al fondo, el muelle con un pequeño barco anclado dejándose mecer por la marea. Cuando el tío era joven, le encantaba salir en lancha hacia mar abierto y traerle a la tía un par de pescados frescos para comer.

Ahora se dedican a cosechar sus propias hortalizas.

La tía Berta instala a Elena en la recámara de huéspedes, seguramente la misma en la que habrá dormido su hermana. Todo luce impecable y hay espacio suficiente para que la invitada guarde sus cosas. Tres velas aromáticas se derriten en el tocador dejando escapar su olor a vainilla, mientras que una ventana invita a mirar el campo abierto, en su absoluto verdor. Apenas termine de desempacar, los tíos la esperan para cenar juntos.

Sobre la mesa del comedor, una ensalada de lechugas con frutos secos adorna el centro. La tía se ha esmerado en preparar unos deliciosos pescados al ajillo, que disfrutan, junto con una agradable conversación acerca de la forma en que los tíos se conocieron hasta el día de su boda.

Elena jamás había cenado con tanta abundancia.

Llegando el postre, el tío Ciro saca un álbum de fotos y lo comparte con su sobrina. En él se aprecian imágenes en blanco y negro de su juventud, amigos de antaño, incluso la mamá de Elena, cuando era una adolescente.

Los tíos están entusiasmados recordando tantos momentos.

La invitada, por un momento, piensa en sus padres y su felicidad perdida. Cuántas veces no presumió con sus amigos sobre la formidable relación de su familia.

A ella y a Liza les gustaba ver a sus padres, a diferencia del resto, llegar a los eventos escolares tomados de la mano y sonreírse en la mesa, o ver recargada a su madre en el hombro de papá mientras veían una película en casa, sin embargo, ahora...

Los tíos nunca pudieron tener hijos. Pasar por tres intentos fallidos los hizo decidir que bastaba tenerse el uno al otro y vivir felices así.

Sin duda, hubieran sido unos padres muy amorosos, piensa Elena, quien se da cuenta del giro inesperado que da la charla al momento de comenzar la lluvia. La tía Berta, acomodándose con la mejor posición en su silla, comienza a relatarle una historia:

—Cada noche de lluvia el alma de la mujer del muelle se aparece vestida de azul cielo, como sus ojos. Se le ve cruzar el malecón lentamente hasta donde nacen las rocas.

—¡Me recordó a la Llorona! —exclama Elena— ¿Y qué mujer es ésa, tía?

—Hay muchas versiones de su historia, pero lo único que se sabe con certeza es que fue la prometida del pintor, que aún vive cerca del faro, aunque ya casi nadie lo ve, es muy anciano y algunos creen que se volvió loco.

—¿Por qué murió ella? —pregunta intrigada Elena.

—Se dice que resbaló en las rocas, días antes de contraer nupcias con su amado, donde ahora se le ve aparecer. El mar nunca regresó su cuerpo.

—Bueno, basta por hoy —interrumpe el tío Ciro, refunfuñando, ya que no le gustan esas historias fantasmales—, hay que dejar a la niña descansar, es tarde.

La tía Berta le guiña un ojo a Elena, en complicidad. Ambas levantan los trastes, Elena se despide del tío y se marcha hacia la habitación, junto con su tía, quien le da un beso en la frente, antes de desearle buenas noches.

—Tía, ¿la historia de la mujer del muelle también se la contaste a Liza cuando estuvo aquí?

Con una sonrisa triste, la mujer asiente con la cabeza:

—A ella le apasionaban ese tipo de historias, creo que más que a ti, según nos dijo... —le acaricia el cabello y sale del cuarto.

Elena se recuesta en la cama, contenta. Liza habló de ella mientras estuvo lejos de casa y ahora sabe que también conoció la leyenda del muelle. Imagina la conversación que hubiera tenido con su hermana acerca de esa historia tenebrosa.

Elena, desde niña, tiene grabada en su mente la imagen de aquella mujer despiadada y loca que, en venganza a su esposo por engañarla, mató a sus propios hijos para luego lamentarse, aún después de muerta. La leyenda de *La Llorona* nunca le gustó, le daba miedo imaginarla rondar fuera de su casa con su "Ay, mis hijos...". Piensa que ninguna razón es válida para lastimar a los que más quieres. La ve como una asesina, que merece seguir sufriendo toda la eternidad. ¿Se parecerá a la historia de la mujer del muelle? Mientras reflexiona esto, poco a poco, se queda dormida.

La tía Berta les avisa a sus padres que su hija está bien.

Diciembre 16, 2011.

No he tenido cabeza para otra cosa desde hace una semana, pero quiero dejar constancia del día más feliz de mi vida.

¡Sir Monahan me pidió ser su novia en la kermés que hizo la escuela para recolectar fondos!

Luego de formarnos en la fila de "bodas exprés" y recibir los anillos de plástico que confirmaban nuestro ficticio enlace, me tomó de las manos y me susurró al oído: "¿Y hacemos que sea verdad?", me quedé paralizada y sin decir nada, entonces vinieron las palabras mágicas: "¿Novios?"...¡Sí, sí, sí!, bueno, no lo dije tantas veces, sólo asentí con la cabeza y el corazón comenzó a latirme a mil. El resto de la tarde la pasé como si hubiera entrado a otra dimensión, como si nada de lo que me rodeaba fuera real.

Dicen que la felicidad no puede ocultarse. Seguramente se me veía en la forma de tomar los cubiertos o de masticar los hotcakes en la cena, porque mi madre comenzó a cuestionarme sobre mi estado de ánimo esa misma noche: "¿A qué se debe esa carita tan feliz?", preguntó con un tono juguetón, viendo de reojo a mi padre, quien remató con un: "No se tratará de un pretendiente, ¿o sí?".

Fue como si, de pronto, supieran todo sobre lo ocurrido. Me vi entrando en el paredón, a punto de ser fusilada.

Y fingiendo una forzada indiferencia respondí con un rotundo "No".

Engullí el último trozo y hui a la cocina para servirme más leche. ¿De qué modo quieren los padres que una se sienta en confianza bajo esa presión? Afortunadamente, mi hermana estaba hablando por teléfono con una amiga y no escuchó, de lo contrario, sé que no me hubiera zafado tan fácilmente de su interrogatorio.

Hace dos días, le pedí a sir Monahan que sólo me hable a mi celular. Quiero evitar la sarta de cuestionamientos que Elena me hace cuando le contesta el teléfono de la casa. Terminé molesta con ella por meterse en mis asuntos. Tiene que entender que la vida cambia, que una necesita sus propios espacios, su intimidad.

Le he pedido a mis padres que me dejen adaptar el cuarto de la azotea para que se convierta en mi habitación y, al parecer, están de acuerdo. Sólo debo esperar a que se le hagan ciertos arreglos al techo para mudarme de inmediato.

Por lo pronto, no voy a permitir que nadie eche a perder mi felicidad. Soy novia del chico más lindo de todo el mundo y lo adoro.

IV

A la mañana siguiente, Elena despierta con el sonido de los pájaros que están afuera de su ventana.

Hay un hermoso cielo, por lo que aprovechará para salir a pasear al centro del pueblo.

Se arregla y baja. El tío Ciro está sentado en el sofá, con sus gafas a media nariz, prácticamente dormido, con el periódico sobre sus piernas. Por su parte, la tía Berta está en la cocina, terminando de preparar el desayuno y en cuanto la ve, la abraza cariñosa.

—¿Descansaste bien?

—De lujo, gracias. Hoy me gustaría caminar un poco por los alrededores —le responde Elena a su tía.

—Me parece una gran idea y creo que hay algo en el cobertizo que puede servirte— le contesta su tía, mientras ambas ponen la mesa.

Con un beso suave, en la frente, su tía despierta a su esposo. Los tres desayunan platicando sobre cosas banales.

Al terminar, la tía conduce a Elena a la parte trasera de la casa y le muestra una bicicleta algo vieja. Desde muy chica la joven no usa una, simplemente solía ir de pie detrás de Liza, quien casi siempre manejaba, dirigiendo los manubrios. En ese instante, le llega el recuerdo de las salidas al parque los fines de semana, cuando sus padres se sentaban en una de las bancas, mirando atentamente el recorrido que hacían las pequeñas hermanas alrededor de la ciclovía. Varias veces regresaron con uno que otro chichón o con moretones en las rodillas, pero dispuestas a intentarlo de nuevo la siguiente semana.

Así que ahora Elena, algo temerosa, se monta en la bici y empieza a equilibrarse en sus primeros pedaleos, hasta encontrar el ritmo. Sin querer despegar las manos de la bicicleta, le grita a su tía que volverá pronto.

Después de recorrer varios metros, Elena toma una vereda con una mejor vista del paisaje, por donde puede llegar más fácil al muelle, sin embargo, por su falta de pericia resbala en una zanja y cae al suelo.

Adolorida por el golpe, intenta levantarse del suelo cuando, de pronto, un joven de melena rojiza, de su edad, le extiende la mano:

—¿Estás bien? Iba de regreso a mi casa y noté que te resbalaste —le dice, al mismo tiempo que la levanta, tomándola del brazo.

—Uf, tampoco es para tanto —se levanta Elena, molesta, sacudiendo su ropa.

—Quizá tú no tengas ni un rasguño, pero ps, al parecer, tu bicicleta sí necesita ayuda. El taller de mi abuelo queda cerca, tiene varias herramientas y creo que puedo componértela —el chico recoge la bicicleta, observándola con detenimiento.

Elena, al notar que efectivamente su bici apenas rueda, asiente, decepcionada, con la cabeza. No quiere regresar a casa de los tíos con tal destrozo, de modo que, aguantándose el raspón de la pierna y el codo, camina con el recién conocido.

—Estás de paso por aquí, ¿verdad?, no te había visto antes.

—Estoy de vacaciones —contesta Elena cortante.

—Ps yo soy Martín, vivo en casa de mi abuelo y me enseña cosas de mecánica, pero lo que más me gusta es la biología. Cuando sea mayor me especializaré en el estudio de murciélagos, en esta zona hay muchos, ¿sabías? —al no recibir respuesta de Elena, continúa— son de lo más útiles en la naturaleza: fertilizan, controlan plagas de insectos, diseminan semillas... La gente les ha hecho muy mala fama con todas esas películas de vampiros chupasangre, pero son animales increíbles. ¿Tú qué quieres estudiar?

—Nada —responde Elena tajante.

—¿Nada?, ¿vas a quedarte encerrada en tu casa? Debe haber algo que te guste...

—Antes me imaginaba de arquitecta pero ahora... no sé...

—Arquitecta, ¿y por qué cambiaste de opinión?

—¿Falta mucho para llegar? Ya caminamos bastante —replica Elena, cansada del cuestionamiento de Martín.

—Es esa casa de enfrente.

Elena y Martín entran al pequeño taller. Un hombre mayor está sentado al fondo, haciendo unas cuentas. Martín le grita pero su abuelo no lo ve ni lo escucha. El chico saca algunas herramientas y comienza a colocar de nuevo la cadena zafada de la bici, mientras Elena se sienta en un banco cercano.

—¿Él es tu abuelo?

—Sí, es buena onda, sólo que ya le falla un poco el oído... Ha vivido toda su vida aquí, así que todos en el pueblo lo conocen y respetan.

—¿Conoce al señor del faro?

—¿Ps quién no conoce a la leyenda del pueblo? ¡Es el pintor! Mi abuelo me ha contado que, desde que se apareció por estos rumbos y conoció a la joven de quien se enamoró, nunca se ha movido de esa casa. Iban a casarse, pero dicen que alguien la mató, otros señalan que él fue el principal sospechoso. Desde ese día, todos le temen. Pero él apenas sale, más ahora que ya es anciano y, al parecer, ha perdido la vista.

—¿Y tú has visto al fantasma en el muelle?

—Ps no. Yo no creo en esas cosas... —responde Martín, escéptico y más concentrado en la compostura de la bicicleta—. Creo que me llevará todo el día terminar de enderezar la llanta.

—Entonces mañana regreso por ella —Elena se levanta y camina a la salida.

—Llévate la mía —Martín le señala una bici de montaña mucho más moderna—, y mañana temprano paso a recogerla a tu casa en ésta. Sólo intenta no caerte de nuevo, jaja, ¿dónde vives?

—En la casa amarilla de la colina —contesta Elena, algo avergonzada, mientras se sube con cuidado y pedalea lo más dignamente posible hacia la vereda.

En ese instante, el abuelo voltea y mira que aquella chica se lleva la bicicleta de su nieto.

—¡Martín, tu bicicleta!

—Tranquilo, abuelo, es una amiga —voltea hacia a ella y le grita, mientras se aleja— ¡Oye, ¿cómo te llamas?!

A la distancia, sin querer desprender las manos de la bici, ella le dice su nombre:

—Elena.

Martín piensa que se llama igual que la mujer del muelle.

Febrero 9, 2012.

Se supone que la primera vez debe ser una experiencia maravillosa y romántica, al menos así lo pintan en las películas. Sin embargo, no es así. Duele y te deja un vacío grande, con la sensación de haber perdido algo que no es precisamente la virginidad, sino algo más profundo, más del alma.

Mis padres fueron convocados por la escuela de Elena para organizar un campamento en donde asisten las alumnas del último grado de secundaria. En la reunión, la directora les informaría los detalles, de modo que hoy tuve la casa a mi disposición. Cuando le comenté a sir Monahan, me propuso visitarme para pasar juntos, y solos, la tarde.

"Ponte sexy", fueron sus palabras.

Dije que sí pero, apenas colgamos el teléfono, los nervios me invadieron. Corrí a mi recámara y busqué la ropa adecuada para la ocasión, sería la primera vez que estuviéramos completamente solos.

Sería aquí en mi casa porque sir Monahan nunca quiere llevarme a la suya, dice que siempre hay alguien del servicio o está su hermano rondando por los cuartos; pero creo que él no quiere que yo sepa dónde vive o que nadie de su familia me conozca...

Mientras me arreglaba, recordé todas las veces que me ha repetido lo mucho que me desea y que quiere hacer el amor conmigo.

Algunas veces comenzaban las sesiones de besos y caricias que subían de intensidad pero, por un motivo u otro, se detenían, dejándonos con las ganas.

Admito que, en el fondo, me daba seguridad que las cosas no pasaran de esos juegos eróticos, no estaba muy segura de estar lista para lo demás. Pero, al parecer, el momento de concretarlo había llegado, lo sabía.

Estaba emocionada y, al mismo tiempo, sentía miedo. Tenía la mente llena de información sobre lo que debía de hacer, pero la realidad es distinta y no sabía cómo actuar. No quería decepcionarlo.

Cerré las cortinas de la habitación, puse unas velas que encontré en el cajón de la cocina, encendí un incienso para aromatizar el espacio y quité la ropa que Elena había dejado tirada. Incluso puse música suave para armonizar ese momento especial y único que sería mi primera vez.

El timbre sonó y mi estómago se apretó como nunca. Segundos después, él entraba a mi casa sin preámbulo alguno. Me acercó a él y comenzó a besarme apasionadamente, así que intenté alargar el momento, invitándole un refresco. Pero él no tenía ganas de platicar ni de tomar nada, ni siquiera notó la forma en que había adornado el cuarto. Me jaló al sillón y todo sucedió tan rápido. Sus manos y su boca recorrieron mi cuerpo y no me dio tiempo de disfrutarlo como otras veces, no quería hacerlo así. No se parecía en nada a lo que yo había visualizado como: "el momento ideal".

Pero ahora sé que nada de esto existe, son mitos que sólo nos distraen del instante verdadero.

Estaba tan preocupada por cómo me veía, cómo prepararía el espacio "adecuado" para recibirlo, incluso los movimientos precisos que debía hacer para no evidenciar mi timidez en el asunto. Quise decirle que esperara, que lo hiciéramos con pausas para calmar mi angustia, pero accedí a su ritmo para agradarle y no parecer, ante sus ojos, como una niña inexperta, temerosa.

Entonces, el dolor llegó de improviso, sin avisar. Fue un desgarramiento que me sacó un grito ahogado, silencioso; que se llevó con él la imagen del ideal, de lo que has escuchado tantas veces que "debe ser". Pero estaba yo ahí, torcida, con medio cuerpo fuera del sillón, con la ropa arrugada y mi novio del otro lado, tomándose el refresco.

"No te pusiste protección", fue lo único que atiné a decir, y me vino a la mente la cantidad de enfermedades de las que los maestros nos alertan o, lo que era aún peor, un embarazo no deseado.

Bastó que lo dijera para darme cuenta que me había equivocado. Sir Monahan se levantó enojado, acomodándose el pantalón, reclamándome si acaso pensaba que estaba infectado como para ofenderlo así.

Sin despedirse, salió de la casa azotando la puerta.

Le llamé a su celular para explicarle, disculparme, pero no ha tomado mis llamadas. Estoy tan aturdida, tirada en mi cama, escribiendo esto entre las velas consumidas, las cortinas cerradas y un hueco en el pecho que apenas me deja respirar.

V

A la mañana siguiente, Elena no puede esperar para desayunar con sus tíos, les ha escrito una nota, diciendo que estará en el pueblo y regresará más tarde.

En la bici de Martín, se encamina rumbo al faro, mientras repasa en su mente el contenido de la carta que encontró entre las cosas de su hermana.

Después de conocer la historia de amor entre Liza y el dichoso sir Monahan, Elena se siente defraudada y molesta con Liza por haberle ocultado esa verdad. ¡Y qué verdad!

Tenían el pacto de compartirlo todo y no lo cumplió.

Cuántas veces no le habrá mentido a ella y a sus padres para verse a escondidas con ese pretendiente.

La mente le da vueltas y, entre más lo piensa, más se enoja y le reprocha la falta de confianza.

La casa del pintor queda a varios metros más allá del muelle. Es de color verde y de apariencia descuidada. Sobre el segundo piso se logra ver un ático con pequeñas ventanas, por donde apenas se filtra la luz del sol.

Da la impresión que desde hace mucho tiempo nadie se encarga de cuidar el jardín de la entrada, se ven algunas flores marchitas y maleza crecida.

Elena deja la bicicleta a prudente distancia de ahí, como si no quisiera perturbar ese entorno. Siente un hueco en el estómago y sólo se queda mirando la fachada, que se impone.

De pronto, se da cuenta que no tiene ni idea de cómo explicará el motivo de su presencia a aquel desconocido, quien posiblemente es un asesino. Lo único que sabe es que, desde que escuchó su historia, algo más fuerte que ella la empuja a indagar más sobre esa alma, que vaga por el muelle.

Quizá sólo fue un accidente y el simple hecho de reconstruir el evento es demasiado doloroso para el pintor. Algo así le pasaría a ella si tuviera que relatar lo ocurrido sobre su hermana.

A lo mejor debe dejar las cosas como están y olvidarse del misterio. Mientras medita todo esto, una señora llega con unas bolsas de mandado y entra a la casa, sin verla.

Tarda varios minutos dentro, hasta que vuelve a salir y se aleja rumbo al centro del pueblo. Es entonces cuando la joven se dispone a acercarse cautelosamente y, con un ligero toque, la puerta se abre.

Por su parte, Martín llega a la casa de los tíos de Elena con la bicicleta arreglada. Ha pasado el resto del día anterior componiendo cada una de las piezas dañadas.

El tío Ciro le da la noticia de su ausencia, sin embargo, Martín imagina dónde puede estar y se dirige a buscarla.

En el interior de la casa hay poca luz, varios muebles antiguos, que no parecen tener polvo, decoran la estancia. Al fondo están unas escaleras que conducen al segundo piso, las paredes están tapizadas de cuadros con distintos paisajes, algunas naturalezas muertas o escenas de personas compartiendo un momento en el mar, en un lago, o en un desierto...

No se escucha ningún ruido. Elena sube por las escaleras y se asoma silenciosamente en cada una de las habitaciones vacías. No hay rastro de ropas femeninas, sólo unos cuantos trajes cuelgan del ropero principal, en el cuarto más espacioso. Ese descubrimiento le hace suponer que la mujer, que vio entrar y salir, no vive ahí.

De pronto, se escucha una tos que proviene de la parte superior de la casa. El corazón de Elena comienza a latir de manera veloz, jamás se hubiera imaginado entrar a hurtadillas en una casa ajena. Sin embargo, ha llegado bastante lejos y no es momento de arrepentimientos, así que sube las escaleras que la llevan hacia el ático. A cada paso que da, los escalones rechinan y el olor a tabaco se hace más evidente.

Los ojos de Elena se posan en una figura que está de espaldas a ella. El hombre de cabellera gris está sentado en un viejo sofá y tose. Aquel lugar apenas tiene espacio libre. Decenas de cuadros cubren las paredes; pero no son como los de abajo, estos sólo comparten una misma imagen: una mujer joven de rubia melena en diferentes contextos. En casi todos aparece con un semblante tranquilo, sereno, apenas con una sonrisa escondida detrás de su pálida piel.

Sobre los caballetes y las repisas, aún quedan tubos de pintura al óleo y pinceles con pintura seca. También hay algunos libros arrinconados en columnas, junto con un escritorio repleto de papeles en desorden.

El pintor fuma una pipa, a pesar de su tos recurrente. No se ha dado cuenta de la presencia de la joven, quien recorre intrigada la habitación.

Unos pasos más bastan para que una pintura específica llame inmediatamente su atención: es la misma mujer de todos los cuadros, mirando directamente a su observador con el mar de fondo. Es tan real, tan perfecta en sus rasgos que, pareciera que en cualquier momento saldría del lienzo y pronunciaría una palabra.

Elena queda sorprendida y también asustada. Al retroceder, tira un pequeño libro que saca de su distracción al anciano.

—¿Quién es? —pregunta inquieto el pintor, girando su cabeza.

—Yo... —la joven se ha quedado sin palabras ante aquel suceso y sólo atina recoger el libro para devolverlo a su lugar. Entonces el pintor habla de nuevo.

—¿Elena? —pregunta el viejo, queriendo localizarla con la mirada perdida.

Al escuchar su nombre, la chica se siente aterrada y corre hacia la salida. Apenas logra detenerse del barandal, tropezándose varias veces en los escalones hasta cruzar la puerta de la entrada. Sube a la bicicleta y se aleja de ahí, sin darse cuenta que, a lo lejos, Martín la observa.

Cuando llega a casa de sus tíos, no dice nada de lo ocurrido, pero nota que trae con ella un libro que no le pertenece titulado *La Llorona*. No puede creer la gran coincidencia de tener en sus manos la historia del mismo personaje al que recordó días antes... Sin resistir la curiosidad, lo abre:

Ésta es la historia de Inés, mejor conocida como la Llorona, de quien se cuenta que, desde su muerte, su alma no descansa.

Algunos dicen haberla visto flotando por las noches, lamentándose por sus hijos.

Debido a esto, mucha gente que tiene niños en casa, se cuida de cerrar bien puertas y ventanas para que no se los lleve, así como rociar un poco de sal cuando oye el canto de una lechuza: Tecolotl, sombra nocturna de vuelo emplumado que aparece como indicio de una muerte próxima. Su canto es la voz de los dioses del inframundo, anuncia un mal presagio. Si se mira directamente a los ojos, logra encantar a las personas y mantenerlas bajo su hechizo por tres noches consecutivas. Es capaz de ver el futuro y lo que está oculto a la vista de la mayoría de la gente. Misterioso mensajero de las fuerzas ocultas, que si canta cerca de una casa, hay que ahuyentarlo con rezos para evitar la muerte de alguno de los integrantes de la familia…

En el centro de la ciudad, todo parecía ser un día normal. Las indias vestidas con sus huipiles bordados y sus mantos en la cabeza se sentaban frente a sus puestos de frutas, mientras sus hombres iban recorriendo las calles empedradas cargados con legumbres y flores.

Los niños corrían por la Plaza Mayor entre carruajes, caballos, frailes con sus hábitos, damas enguantadas llenas de brocados y sedas, ricos comerciantes con barbas rubias vendiendo chocolate o especias de Oriente.

No dejaba de escucharse el griterío incesante de los pregoneros, o músicos ambulantes, todo eso enmarcado por los aromas de las comidas tradicionales, las voces de las campanas de la iglesia y, como un guardián, el Palacio de gobierno lucía hermosas puertas de caoba y acabados de estilo barroco.

En el mercado, entre los puestos de pescado, gusanos de maguey, huevos de mosco, chichicuilotes, cuchillos, objetos de plata, terciopelos, tejidos populares, huaraches, zapatos, cerámica, tapicerías, se abría paso un hombre tocando su campana: iniciaban las fiestas populares.

Sin embargo, lejana a ese tumulto en un pueblo colindante, Inés, una joven que vivía con su abuela y su hermano, con los ojos cerrados, se dejaba llevar por los sonidos del viento. Pensaba si sería verdad que uno traza su destino en cada decisión que toma o, como decía su abuela: "desde que naces, tienes marcado el signo de la desdicha o la plenitud…".

Aquella tarde solamente tenía ganas de sentarse cerca de la ventana y disfrutar el canto de las aves, ante aquel silencio que parecía abarcar los alrededores.

Apenas se escuchaba un lejano rumor de una procesión que se llevaba a cabo en el centro de la ciudad… De pronto, Inés escuchó un golpe. De prisa corrió hacia la estancia y, en cuanto vio a su abuela tirada en el suelo, sintió un fuerte dolor en la cabeza que la hizo desmayar. Era Ignacio quien venía por ella para robársela.

Él era un muchacho de alta sociedad, que vivía en un rancho a las afueras del pueblo, un terreno amplio con algunos animales, salvaguardado por un matrimonio que se hacía cargo de mantenerlo y custodiarlo, en absoluta discreción.

De modo que fue fácil pensar en ese lugar como nicho de su nueva vida junto a Inés, la muchacha con quien se había encaprichado desde tiempo atrás, a pesar de la indiferencia de ella. Con ese pensamiento, eligió el día preciso en el que la mayoría de la gente estaría en la procesión para concretar su plan. Conocía perfectamente la distancia entre la casa de Inés y su rancho. Si salía justo a la hora de la celebración, podría llegar y salir sin ser notado.

Fue así como Ignacio tomó su caballo y se lanzó a todo galope. No había nadie en las calles, todos estaban congregados en el centro del pueblo, por lo que tenía la esperanza de que Acatzin, hermano de Inés, y su abuela también estuvieran entre la multitud.

Después de un rato de camino, ya se vislumbraba la pequeña casa. Todo era quietud…

Para no alertar a nadie, dejó su caballo a unos metros de distancia y se acercó cautelosamente.

Por la ventana trasera Ignacio logró ver a la anciana, acomodando algunos trastos en la cocina, sin duda Inés estaría por allí.

Así que entró a la casa y tomó la tranca de la puerta, con ella golpeó a la abuela fuertemente en la cabeza, dejándola inconsciente.

Cuando Inés llegó, sintió un impacto que la hizo desmayarse…

Horas después de haber sido secuestrada, Inés despertó en un cuarto que no reconoció.

Estaba sola, pero se oían unas voces fuera. Al parecer ya era de noche. Intentó abrir la puerta, pero estaba cerrada con llave. Tocó y gritó varias veces para que alguien la escuchara, pero nadie fue en su auxilio.

Cuánta falta le hacía en aquellos momentos Acatzin, su hermano, su cómplice, su amigo, para sacarla de aquel espantoso lugar donde se sentía con miedo y desesperanza. Pero nadie sabía nada sobre su paradero, nadie vio a Ignacio sacarla de su casa y llevarla a ese lugar.

Inés, a fuerza de frustración e intentos fallidos por escapar, pasó meses encerrada en ese cuarto, castigada por no aceptar a Ignacio y sufriendo los maltratos por su desprecio.

Sólo gracias a los criados que cuidaban la propiedad, solía salir por unos minutos cuando él no estaba. Nada hacía más feliz a Inés que esos maquillados instantes de libertad, contemplar a lo lejos el monte, el cual veía desde su casa, al salir los primeros rayos del sol, cuando vivía contenta al lado de su familia…

Tiempo después, ahí estaba Inés, con un bebé en su vientre, fruto del abuso de Ignacio.

Él estaba encantado con la noticia de ser padre. Éste sería su primer hijo.

Desde que empezó a ver a Inés como mujer, nació en él la idea de elegirla como madre de sus hijos: hermosa, de rasgos mestizos, joven, sana e hija de una familia respetable, a quien decía amar… ¿Qué más podía pedir?

Pronto nacería Tomás, un varoncito, como Ignacio soñaba, su primogénito.

Inés no podía evitar querer a ese recién llegado, a fin de cuentas lo había tenido en su vientre tantos meses, aunque nunca imaginó ser madre de esa forma.

Poco pasó para que Tomás corriera por todos lados, era un niño risueño y alegre. A diferencia de su madre, a quien la dejaban verlo sólo por unas horas al día, ya que dormía en la casa grande, cuidado por la nana. A Inés jamás se le permitía entrar a verlo, debía esperar a que alguien se lo llevara. Nada cambiaría para ella hasta que aceptara a Ignacio como su esposo. Mientras se negara, seguiría estando igual de sola que al principio, presa y muerta por dentro.

Cuando Tomás tuvo dos años, nació una bebé a quien llamaron Ana. La nana se la llevaba a su madre para que la amamantara a diario y después volvía a la casa grande, donde Ignacio había dispuesto que durmiera, en la misma habitación que su hermano.

Cada día que pasaba, Inés se sentía más desdichada. Había comenzado a olvidar detalles de su antigua casa y los rostros de sus seres amados.

Extrañaba tanto sus paseos por las calles y el cuidado de la hortaliza de su abuela. Qué sería de ella y de su hermano, deseaba escapar de ahí y regresar a su verdadero hogar, junto con sus niños porque, a pesar de todo, los amaba, eran suyos.

Una tarde, la nana no le había permitido ver a los niños, ya que Ignacio había dispuesto hacer con ellos un viaje.

Inés sintió una opresión terrible en el pecho, sabía que era su oportunidad para huir de ahí.

La nana había recogido las ropas y los víveres de los pequeños y acomodaba a Tomás y Ana en la carreta.

Cuando Inés escuchó unos pasos que se acercaban afuera de su habitación, tomó la vela que tenía en la mesa y comenzó a gritar, pidiendo ayuda.

El cuidador giró la llave y abrió la puerta, las llamas corrían en las sábanas de aquella cama, que empezó a arder rápidamente quemando las ropas y el resto de la habitación. Inés estaba en la puerta, por lo que el hombre logró jalarla del brazo y sacarla de ahí. Ambos lograron alejarse del fuego que avanzaba a gran velocidad sobre la madera de la construcción.

Sin perder tiempo, Inés corrió hacia la casa grande en busca de sus niños.

Entró y revisó cada una de las habitaciones hasta encontrar a Ignacio quien, enfurecido, la jaloneó del cabello.

Mientras tanto, los empleados gritaban "¡fuego!" y corrían desesperados al pozo para acarrear agua, porque el incendio se expandía a lo largo de todo el rancho.

Ignacio fue de inmediato a ver lo que ocurría, seguido de Inés, quien le exigía saber el paradero de sus hijos. Tras la pared de fuego que se extendía a la entrada de los establos, apenas se escuchaba la voz de la nana quien, junto a los niños, había quedado atrapada ahí.

"¡Tomás, Ana!", gritaba Ignacio, dando órdenes a los criados de que sacaran a sus hijos… Pero nadie, ni los más fieles o los más valientes, se atrevieron a desafiar aquel monstruo natural que estaba comiéndose todo.

Los llantos ahogados de los bebés se iban apagando mientras que Inés, al darse cuenta de su enorme error, intentó lanzarse a salvarlos, pero fue detenida por un criado.

Los dos padres lloraban su pérdida. Inés sólo escuchaba el eco de los llantos de aquellos inocentes… Jamás se perdonaría aquel fatal error. Si acaso hubiera sabido que ellos estaban ahí, si no le hubiese ganado la desesperación… Preferiría haber muerto, antes de padecer aquel terrible sufrimiento…

Inés estaba tirada en el suelo con un llanto incontrolable, gimiendo por sus hijos, mientras que Ignacio, en un afán de venganza, la señaló como la culpable de haber matado a sus propios hijos.

Inés fue amarrada y subida a una diligencia mientras la lechuza cantaba.

Días después, frente a los ojos de toda la ciudad, se llevaría a cabo el castigo ejemplar a aquella mujer. Acatzin sería el encargado de dar los azotes, sin saber que se trataba de su hermana...

Mientras tanto, Inés padecía el maltrato en las celdas, encadenada de pies y manos, y sintiendo la humedad en sus pies descalzos, rodeada de ratas.

El juez había solicitado darle cien azotes a la acusada como escarnio público.

En la mayoría de los casos, después de ciertos castigos, los acusados volvían a su libertad y encauzaban su camino. Sin embargo, había otros que sufrían más por el delito que habían cometido que por los castigos, y la culpa los atormentaba para siempre...

Acatzin era un hombre triste: desde que desapareció su hermana, se convirtió en verdugo, vestía ropas negras, sus ojeras eran profundas, estaba muy delgado y más solo que nunca. Además los chismes lo habían sepultado en la deshonra.

Muchos creían que aquel sujeto cargaba la sombra de la muerte o incluso estaba aliado con ella.

Nadie más bajaría a las celdas con él. Sólo un guardia custodiaba el pasillo. No entraba ni un rayo de luz en aquel lugar, el espacio apestaba a excremento y humedad. La mujer a la que debía castigar tenía el rostro cubierto por el cabello. Un silencio mortal, como debía ser en aquellos casos.

Acatzin levantó el fuete para dar el primer golpe, pero la mirada de la mujer se posó en sus ojos... entonces pudo reconocer a su hermana.

El fuete quedó en el suelo y ambos se miraron detenidamente. Inés no podía creer que fuera su hermano el que estaba frente a ella.

Él simplemente la abrazó, como queriendo darle todo el cariño que no pudo ofrecerle durante esos años en que no supo de ella. Había tantas preguntas por hacerse, tantos consuelos que darse, tanto dolor por compartir.

Ambos lloraban, con las manos juntas, como solían hacerlo de niños hasta en los peores momentos. Estaban tan cambiados, tan avejentados, tan cansados de la vida y, al mismo tiempo, seguían siendo los mismos chiquillos que podían expresarse todo sin palabras.

Cada uno narró su vida en unas cuantas frases. Inés se enteró que su abuela había muerto. Acatzin supo que su hermana había sido secuestrada. Se sentía indignado, enfadado, por lo que decidió no llevar a cabo tan dolorosa penitencia. Pero Inés prefería que fuera él quien con su presencia, aminorara su dolor. Eran sus manos amorosas las que deseaba que infligieran la pena y no otras, desconocidas o ajenas.

Lloraron juntos nuevamente, Acatzin tomó su fuete y gritó al guardia para que le abrieran. Mientras caminaban, Acatzin buscaba en su mente la solución para ayudar a Inés a escapar del tormento. Afuera, todo estaba listo. Los nobles vestían sus mejores galas, incluyendo a Ignacio que esperaba complacido el escarnio público.

Se había dado la orden de que prepararan a la acusada. Un oficial la escoltaría. Acatzin se adelantó un poco, tomó suavemente el brazo de su hermana y, sin que nadie más lo notara, depositó en una de sus manos un pequeño objeto de madera que solía llevar en el bolsillo de su pantalón, como amuleto.

Inés palpó sus texturas, sus contornos, sus formas: era el perrito de madera que su hermano le había hecho cuando eran niños y que ella siempre tuvo al lado de su cama, hasta antes de ser secuestrada.

En ese instante le vino a la mente la historia que su abuela les contaba acerca de los Itzcuintli. Decía que cada persona tenía designado un perro que la esperaba después de la muerte para ayudarla a cruzar el río que rodeaba los nueve infiernos y llegar a salvo a su destino, el Chicunamictlan o, en su caso, ayudarla cuando aún no era el momento de morir. Por eso era importante acompañar a los moribundos de un perrito color bermejo...

Y ahí queda el libro inconcluso. A Elena le parece una broma de mal gusto que justo le falten las páginas finales a la historia. Esta versión de la Llorona le sorprende. No la conocía y, a diferencia de la más popular, la protagonista es una víctima de las circunstancias, nunca tiene la intención de matar a sus hijos, todo es un lamentable accidente. Esa mujer no le desagrada ni le asusta, por el contrario, la siente tan humana, tan vulnerable. ¿Y si esta historia fuera la verdadera? No le parece justo que su alma no encontrara paz. Pero lo que más le frustra es no saber el final: sería posible que su hermano la ayudara a salvarse, a lo mejor se escapan juntos, tal vez encuentran castigo para Ignacio. Sin embargo, se inclina más a pensar que Inés muere en la penitencia... no porque lo desee, sino porque resulta lo más evidente y ese desenlace le llena el corazón de pena.

Esa noche siente la necesidad de marcar a sus padres para escuchar su voz y decirles lo mucho que los quiere.

Al siguiente día encontrará en el cobertizo su bicicleta con una nota amarrada en el manubrio:

Bicicleta lista para tus recorridos al faro. Si necesitas un compañero de aventuras, acá estoy.

Martín.

Abril 4, 2012.

No quiero bajar mi promedio, tengo beca. Se acercan los exámenes bimestrales y voy un poco retrasada con el trabajo en equipo que nos dejó el maestro de Química, ya que lo estamos haciendo a distancia. Tampoco quiero problemas con mi novio. La última vez que me reuní con el grupo, saliendo de clases, sir Monahan se puso celoso de mi trato con los compañeros y, por más que le expliqué que eran asuntos escolares, no me creyó.

Ahora que lo conozco más, sé que es un poco intenso y cualquier detalle lo exagera. En una discusión, accidentalmente me dio un jalón de brazo que me dejó una marca durante días.

Me asustó su reacción, por eso, desde entonces, aprendí a evitar cualquier situación que pueda alterarlo, eso es parte de mantener en paz una relación de pareja.

Creo que cuando amamos a la otra persona, hay que modificar ciertas cosas para llevar una convivencia tranquila.

No es que me considere una experta en el tema pero tampoco me gustaría parecerme a mi prima Tania que deja a sus novios al más mínimo defecto, ¡así se quedará soltera!

Nadie está libre de errores, además eso ha sido parte de conocernos.

Después del incidente de mi casa, y que él no se comunicó conmigo durante doce días, me sentí fatal.

Pero después aclaramos las cosas, y nuestros encuentros íntimos, en algunos hoteles de paso, han ido mejorando. Incluso hasta me he convertido en su modelo.

Aunque debo admitir que la primera vez que me pidió posar para él, en ropa interior, me avergoncé bastante; las siguientes ocasiones ya me he sentido más relajada y hasta bromeo con actitudes sensuales mientras me toma fotos con su celular.

Me dejó claro que me cuida y que estas imágenes sólo son para él, para recordarme cuando no nos vemos.

Yo le creo cuando me dice que me es fiel, que estando sólo conmigo no corremos ningún peligro y que para no romper la pasión, lo mejor es que yo me cuide de un posible embarazo con pastillas. Antes, cuando escuchaba casos semejantes, pensaba que era responsabilidad de ambas partes cuidarse, pero soy capaz de tomarlas, a partir de este mes, por amor a él.

Me emociona el hecho de que se acerque mi cumpleaños. Elena también festeja el suyo cercano a mi fecha. Desde niñas solían hacernos una fiesta compartida, nos la pasábamos genial abriendo los regalos, rompiendo las piñatas y platicando en la noche los recuerdos de la fiesta. Nos gustaba atiborrarnos de pastel y lanzarnos merengue, aunque mamá nos regañara al final.

A veces extraño esa complicidad con mi hermana, hay ocasiones en que tengo ganas de contarle todo acerca de mi amor. Quizá en mi fiesta de cumpleaños lo presente a mi familia.

VI

Elena no vuelve a salir de casa en los siguientes tres días. No deja de darle vueltas en la cabeza a la imagen de aquella pintura y la manera en que el hombre, aún en su ceguera, pudo reconocerla y hablarle por su nombre. Sin embargo, no tiene el valor de regresar y averiguarlo.

Elena ha ayudado a sus tíos en las labores de la siembra, nunca pensó que fuera tan entretenido. Tío Ciro limpia el terreno, quita las malas hierbas y desmenuza los terrones. Tía Berta coloca una capa de abono y prepara los hoyos donde Elena va repartiendo las semillas y cubriéndolas con tierra para, después, regarlas uniformemente.

La chica ha aprendido que no todas las semillas se plantan, sólo aquellas que aún tienen vida útil. Para saberlo, tía Berta calienta agua y echa las semillas. Las semillas muertas flotan y las útiles se sumergen en el recipiente, así es como selecciona las adecuadas para cultivar.

Esta mañana los tíos le han regalado a Elena un crisantemo para que lo plante y vea crecer sus flores cada vez que vaya a visitarlos.

—Cuenta la leyenda que un cielo rosado cubría un pequeño poblado, situado en un lejano valle, en el centro de Asia, donde habitaba la familia Aoki. El padre de tez de cobre, la madre con un hermoso moño negro anudado a su nuca y el hijo de un año, componían la familia.

Los días de fiesta, se ponían sus trajes más hermosos y salían al campo a pasear y admirar su belleza, pero uno de esos días la familia no salió. El pequeño Shu, estaba enfermo.

Pasaron los días y el pequeño no mejoraba. La madre, preocupada, viendo la palidez del niño, dijo:

"Debemos llevar a nuestro hijo con el curandero que vive en las afueras del pueblo. Él conoce las hierbas que sanan y nos dará alguna para nuestro niño". Al día siguiente, apenas el alba se abría paso entre la noche, la pareja salió en busca del hombre que recolectaba hierbas que curaban a los hombres. Una vez delante del anciano, mirando éste al niño, escucharon malos presagios: "Lo siento, pero no tengo las hierbas que puedan curar a su hijo". "¡Por favor, te lo rogamos! ¡Dinos qué podemos hacer para que nuestro hijo viva!", suplicó la madre.

El anciano la miró y su pena lo conmovió. "Mujer, debes ir a lo más profundo del bosque y, en el lugar donde se encuentra el árbol más alto, ahí hallarás una flor. ¡Tráela! Tantos pétalos como tenga, tantos días vivirá tu hijo. Sólo puedo decirte eso". La madre salió en busca de la desconocida flor. Con la soledad a cuestas y la sombra sobre sus ojos, llegó al lugar del bosque donde se erguía el árbol más alto que jamás hubiera visto. Su copa se desvanecía entre las nubes de algodón. Buscó alrededor de él, y sus ojos captaron una flor, cuya forma, color y perfume eran la esencia de la belleza. Cortó una y, horrorizada, vio que tan sólo la formaban cuatro pétalos. "¡Oh, no, mi hijo sólo vivirá cuatro días!" Y, arrodillándose, depositó la flor en el verde manto y, muy despacio, con sumo cuidado, fue rasgando cada pétalo en pequeños y perfumados hilos de color. "Mi hijo vivirá mucho más ahora". Regresó corriendo, llena de esperanza, a la casa del sabio. Le mostró la flor. El anciano comenzó a contar los finos pétalos pero una alada brisa los amontonó y perdió el número de los contados. Fue separando de nuevo, con exquisito cuidado los pedacitos de flor y, de pronto, una inesperada lluvia impidió que siguiera contado. "Creo que es imposible contar los innumerables pétalos de esta flor. Esto indica que tu hijo vivirá incontables días. Vayan tranquilos, el niño llegará a contar largos años en su vida". Así fue, el niño sanó, y vivió largos años. Los padres, agradecidos y felices, quisieron ir de nuevo, hasta el lugar donde crecía la flor.

La sombra del majestuoso Sándalo protegía a las especies vegetales que se resguardaban a sus pies de la dureza del sol. La pareja vio, con admiración, que las flores que allí se mostraban, tenían incontables pétalos; tantos, como los que la madre había dividido a los de la primera flor.

En honor a esa virtud de alargar la vida de los hombres, decidieron darle el nombre de crisantemo.

Luego de escuchar aquella leyenda en voz de tía Berta, Elena no puede evitar derramar algunas lágrimas porque siente que ese regalo significa mucho más que una flor a la que verá cada vez que vaya a visitarlos. Así que decide plantarla a unos cuantos pasos de la entrada de la casa y darle, de manera secreta, el nombre de Liza.

Mayo 7, 2012.

¡Estoy que me lleva!

Tengo dos días tirada en la cama. Tuve la pésima idea de bajar corriendo del camión y me esguincé el pie, ¡justo el día de la ceremonia de entrega de diplomas a los alumnos de tercer grado! Fue una noche de fiesta, en la que la escuela organizó un brindis con los graduados, entre los que estaba sir Monahan.

Mientras yo acudía al hospital, mi novio iba acompañado por una tipa que siempre está detrás de él. Esto fue lo que me contó Brenda, quien asistió al evento con su hermano Lalo. Los vio reír y bailar. ¡Incluso se fueron juntos antes de terminar la reunión!

Yo sí tengo que dejar de ver a mis amigos para que él no se moleste, incluso me exige que no baile con nadie en las fiestas, pero cuando se trata de mis sentimientos le vale gorro seguirle el juego a cualquier descarada. Podría estarme muriendo y él divirtiéndose de lo lindo... ¡no es justo!

Le he estado marcando a su celular para hablar con él, pero lo trae apagado, y en su casa me dicen que no está. Ni una sola llamada para saber de mí o preguntar cómo sigo...

¡Me va a oír! ¡No se la va a acabar!

Mayo 8, 2012.

Hasta el día de hoy, aún cojeando, volví a presentarme en la escuela. Sir Monahan ni siquiera me ayudó a entrar. Me había visto llegar con mi papá, quien no quiso dejarme sola hasta que alguien me acompañara, pero tuvo que ir a dejarme hasta mi salón.

"No deberías ser tan nerd", fueron sus palabras de bienvenida. "Hubiera preferido no verte hasta la otra semana para que te repusieras totalmente". Entre broma y broma se atrevió a decirme que me veía muy pálida y demacrada, que debía cuidarme un poco más porque estaba adelgazando mucho y, en cualquier ventarrón, se quedaría sin novia.

Yo no estaba de humor para sus chistes, pero él dice que los hace para que yo quite la cara de seria. De modo que le pregunté directamente sobre la compañía que llevó al evento de graduación y me contestó, con una sonrisa en los labios: "¿No pensabas que iría solo, o sí? No te preocupes por eso, mejor no vuelvas a caerte en otra fecha importante". Me guiñó el ojo y me plantó un beso antes de irse.

Iba a cuestionarlo también sobre su celular apagado cuando noté las risas y cuchicheos de mis compañeros que observaban que mi banca estaba repleta de post-its con la frase "Te amo" en varios idiomas. En ese momento, todo el discurso de reclamo que tenía en mi mente, se esfumó...

"Te está poniendo el cuerno", dijo Brenda, rompiendo mi fascinación. "No creerás en sus palabras, luego de sus patanerías", terminó rematando. La miré con enojo. Ella es una chava que no tiene pelos en la lengua y, aunque es mi mejor amiga y le he contado varias de las cosas que he vivido con sir Monahan, esto no le da derecho a insinuar algo así. Estuve a punto de exigirle evidencias sobre lo que decía. El hecho de que hubiese salido de la fiesta con la tipa del baile no significa que haya pasado algo más. Quizá se despidieron afuera o sólo le dio un aventón a su casa. Tendría que ser muy cínico como para decirme frente a todos los de mi clase que me ama y engañarme a mis espaldas, ¿no?

Sólo porque sé que a Brenda le gusta otro chico, de lo contrario, pensaría que me dice esas cosas porque él le interesa... por si las dudas, dejé pegadas las notitas todo el día para que le quede claro que sir Monahan es MÍO.

VII

La siguiente tarde, Martín visita a Elena para invitarla a dar un paseo en bici por el pueblo. Los tíos están contentos de que se distraiga un poco, con su nuevo amigo, ya que no falta mucho para que regrese a casa con sus padres.

Los chicos toman esta vez el camino que recorre el muelle hasta el centro. El chico platica sobre su abuelo y sus achaques de la edad, pero también del gran cariño que le tiene.

—¿Y tus padres? —le pregunta Elena.

—Ps... murieron cuando yo era pequeño. Eran jóvenes cuando se casaron pero, justo cuando mi mamá quedó embarazada de mí, a mi padre lo mandaron al sur del país, durante varios meses, por cuestiones de trabajo.

—¿Y qué pasó? —pregunta intrigada la joven.

Cuando estaba por regresar, mi madre recibió una llamada de la policía, informándole que el camión donde él viajaba se había volcado y varios pasajeros perdieron la vida... Según me cuenta mi abuelo, pocos días después ella murió en el parto. Y veme aquí, aprovechando cada segundo la oportunidad que me dio mi madre en su último aliento.

Después de escuchar esa confesión, Elena siente vergüenza del tiempo que pasó encerrada en sí misma por la muerte de Liza, como sea, ella tiene a sus padres.

—¿Y no te hace falta una familia?

—Ps mi familia es mi abuelo, con él he crecido y compartido experiencias. Me ha enseñado a ver las cosas que valen la pena. Por ejemplo, ¿qué notas al lado del camino?

—Mmm... pasto.

—¿Y debajo de él? —insiste el joven.

—Seguramente bichos —responde Elena, haciendo mueca de asco.

—Muchos de esos bichos permitirán que la tierra esté preparada para que, más adelante, aparezcan las flores que tanto aprecias. Incluso hay agricultores que atraen a insectos polinizadores para favorecer sus cultivos. Lo que tú ves como horrible, en realidad tiene una función positiva. Mi abuelo dice que la gente se concentra en lo negativo y confunde la superficie con la esencia. Le gusta usar palabras poéticas, pero creo que lo que siempre ha tratado de decirme es que me fije en lo auténtico, en lo que a simple vista no se nota, pero que le da sentido a lo demás. Supongo que me lo dice porque de nada me serviría estarme lamentando por no tener a mis padres. Quizá, si hubiera hecho caso a quienes se burlaban de mí por no tener papás o que decían que por mi culpa mi mamá se había muerto, ps me hubiera salido de la escuela o no estaría hoy aquí. Hay situaciones que no podemos cambiar y prefiero pensar que si nací, a pesar de todo, es porque puedo y debo ser feliz.

Elena se siente con un ladrillo en la cabeza. De pronto le ha mostrado una forma de ver el mundo que jamás había considerado y no sabe qué hacer con ella. La realidad de Martín no es tan distinta a la suya, ambos perdieron a seres queridos, pero el modo como han enfrentado su pérdida ha sido diferente.

Si tan sólo pudiera pedirle prestados sus ojos a Martín, quizá podría mirar de otra forma su propio dolor, pero es tan difícil.

Llegan al centro del pueblo y Martín le invita a Elena un helado. Es agradable caminar en su compañía por el parque. Cuando están a punto de sentarse en una banca, una mujer que le resulta conocida a Elena, se acerca a ella con una discreta sonrisa.

—¿Cómo está, señorita Liza? Hace mucho no va a visitar a nuestro querido pintor. Últimamente no se ha sentido bien, ya casi no ve, por lo de sus cataratas y, hace unos días, cuando fui a ayudarle con su casa, me dijo que su fallecida esposa lo había visitado... el pobre ya empieza a tener alucinaciones.

La joven no ha abierto la boca ante aquel encuentro. Esa mujer es quien salió de la casa del pintor. Al parecer, todavía hay quienes la confunden con su hermana y, en este caso, puede resultarle favorecedor para entrar sin esconderse.

—Ya sabe que usted es de las pocas personas con las que él se siente a gusto platicando de sus cosas fantasmagóricas... —dice burlonamente la señora— casi nadie lo va a visitar. Pase a verlo el jueves por la mañana, y hágale compañía, mientras yo voy a comprar su despensa.

Elena le devuelve la sonrisa a la mujer, quien se aleja moviendo insistentemente la mano al aire.

—Te vi cuando fuiste a la casa del pintor, el día que iba a llevarte tu bici —le dice Martín.

—Lo sé...

—Y ¿a qué fuiste?, si se puede saber...

—Es una larga historia.

—Ps, tenemos tiempo, ¿no? Además, ¿por qué te llamó Liza?, ¿es tu segundo nombre o una identidad secreta? —pregunta Martín, curioso.

—Es el nombre de mi hermana.

—¡Cuántos misterios! ¿También está aquí?, ¿por qué no me la has presentado?

—Murió hace poco.

Elena, por primera vez platica sobre el accidente de su hermana. Le cuenta a Martín sobre el viaje y la carta; también sobre su encuentro con el pintor y el retrato que vio en su estudio. No olvida ni un solo detalle, incluyendo la mención de su nombre.

—¿No sabías que la mujer del muelle se llamaba como tú? —inquiere Martín— Seguramente, por eso, pensó que la joven que lo había visitado aquella tarde era el espíritu de su esposa... Porque, según dijo la mujer, tu hermana ya conocía al pintor y no hubiera entrado así, sin anunciarse.

A Elena le estalla la cabeza, han sido demasiadas emociones para ese día. Prefiere irse a descansar y pensar mucho.

A mitad del camino de regreso, los chicos se separan hacia sus respectivas casas. Las gotas de lluvia comienzan a caer, se aproxima una tormenta y los habitantes del pueblo se resguardarán en sus hogares a excepción, quizá, de una silueta errante que camine por el muelle...

Mayo 21, 2012.

Sé que en el momento en que deje registro de mi decisión en estas líneas, ya no habrá marcha atrás.

Así como hace casi siete meses me atreví a confesar que estaba enamorada de sir Monahan, hoy sé que mi historia con él ha terminado.

Las últimas noches me la he pasado llorando sin que se den cuenta mis padres o Elena. Y en cuanto al moretón de la quijada, lo he intentado ocultar con maquillaje y el cabello suelto.

Aún no puedo creer lo que pasó, lo idiota que fui, pero ¡se acabó!

Se lo dije con todas sus letras cuando me vi en el suelo, luego de sentir su puño sobre mi cara.

Estábamos en el antro, con algunos amigos suyos. Él había bebido y, cuando regresé del baño, lo vi encaramado, besuqueándose con una tipa, mientras su mejor amigo se divertía viendo mis fotos íntimas en su celular. Sentí que la sangre me hirvió y llegué directo a reclamarle, le lancé la copa que estaba en la mesa y me salí corriendo del lugar.

Me alcanzó en la calle, furioso de haberlo puesto en ridículo frente a sus amigos. Me gritó lo "fresa" y aniñada que era; que unos besos con otras nada significaban, mientras yo fuera su novia, que debía aprender a divertirme y no presionarlo con mis escenas absurdas.

No pude más y, entre lágrimas, le enumeré todas las cosas que había soportado por el amor que le tenía. Las veces que me sentí frustrada, utilizada y vacía. Al fin lo veía tal como era.

Pero no me dejó terminar de hablar cuando ya me había lanzado el golpe. Yo estaba aterrorizada; unas personas que pasaban me ayudaron a levantarme mientras le gritaban que era un canalla.

Él sólo se dio la vuelta y regresó al antro y yo me fui a casa de Brenda para contarle lo ocurrido y limpiarme un poco. ¡Qué razón tenía!

Afortunadamente estoy en época de exámenes finales y nuestros horarios en la escuela no coinciden.

No quiero verlo después de lo ocurrido, a pesar de que me ha estado llamando al celular. Sólo veo su número y cuelgo.

He exentado la mayor parte de las materias y tengo pretexto en casa para encerrarme en el cuarto y "estudiar", pero lo cierto es que quisiera irme lejos.

VIII

Es jueves. Elena pasa por la casa de Martín para dirigirse, juntos, hacia el muelle.

Él la espera, montado en su bici, para acompañarla a la casa del pintor.

Está nerviosa, apenas ha escuchado la conversación de Martín durante el trayecto, no sabe con qué se encontrará y tampoco le agrada mucho la idea de engañar al pintor.

Sin embargo, ahí están, justo afuera de su casa.

—¿Y ahora? —pregunta ansiosa Elena.

—Pues vamos a entrar... —responde Martín, mientras la toma del brazo y tocan la puerta.

Luego de una corta espera, la mujer de la ocasión anterior les abre y, con una sonrisa de complicidad, los hace pasar hasta el ático. Desea darle una sorpresa al pintor.

—¡Llegó su visita favorita! —grita la mujer como si, además de ciego, el anciano fuera sordo— ¡Es Liza! y trae a un amigo con ella... Pasen, chicos. Los dejo platicando, mientras voy a hacer las compras.

Sin esperar respuesta, la mujer se aleja por las escaleras.

Ante el repentino silencio, Martín se acerca al pintor, quien mantiene la mirada fija en un punto de la entrada.

—Buenas tardes, señor, yo soy...

—¿Tú eres Abraham? —interrumpe el anciano.

—No, me llamo Martín y soy nieto de Felipe, el...

—¿Felipe Cavazos? —vuelve a interrumpirle.

—Sí, justo él —contesta sorprendido el joven.

—Creo recordarlo. Hace varios años vivía con su hija cerca de la colina.

—Aún vivimos ahí, pero sólo él y yo, desde que mi mamá murió.

Un silencio llena la habitación, apenas iluminada por un rayo de sol que entra por la pequeña ventana.

—La muerte es lo único que tenemos asegurado en esta vida... — responde el pintor.

—Pero parece que usted logra prolongarla a través de sus pinturas... —dice Martín, mientras repasa con la mirada cada uno de los cuadros de la habitación, hasta detenerse en el cuadro que dejó impactada a Elena— ¡Este retrato es impresionante!, ¡parece que la protagonista se saldrá del marco!

—Tardé años intentando recrear cada detalle de su cara y ni siquiera estoy seguro que sea tan parecida a la modelo real. Ella era perfecta... —el pintor comienza a toser— y ahora lo que guardo en mi memoria es su esencia.

—Muchos dicen que ella sigue vagando por el muelle... —interviene Elena, quien se había mantenido callada desde su llegada.

El hombre cambia su gesto al escucharla hablar.

—Cada quien cree en lo que necesita —responde el viejo pintor, entre respiraciones profundas y carraspeos— todos seleccionamos a las personas, las emociones o sucesos positivos o negativos que queremos trascender. Lo que mejor se acomoda a nuestra actitud frente a la vida: ya sea de víctimas, de verdugos, de sobrevivientes que miran con la frente en alto, de luchadores contra todas las adversidades. Cada uno elige su verdad y se refleja en ella. Estamos tan poco tiempo en este mundo, que buscamos permanecer de alguna manera... —tose intermitentemente— aunque algunos deciden perderse esa oportunidad.

—Ps, los accidentes pasan... —señala Martín.

—Lo de Elena no fue un accidente... —replica el viejo, ante la mirada atónita de sus escuchas—. Ante la negativa de sus padres por su boda con un pintor de poca fama, como yo, ellos planearon enviarla a un convento, el día en que yo había dejado la pensión donde vivía para comprar esta casa y dársela como un regalo especial: el lugar donde pasaríamos el resto de nuestras vidas... —hace una pausa, recordando con dolor— y cuando ella fue a buscarme, encontró todo vacío, sin ninguna huella de mis cosas. Desesperada corrió hacia el acantilado y se dejó caer, pensando que la había abandonado. La gente que pasaba vio el fatal momento. Sus padres se fueron del pueblo al enterarse de lo ocurrido.

—¿Y usted por qué no hizo lo mismo? —inquiere Martín.

—Lo primero que pensé fue aventarme también. No imaginaba mi vida sin ella, nada tenía sentido. Pero preferí mantenerla viva, a mi manera —el pintor tose con más fuerza.

Elena llora. La historia de la mujer del faro le recuerda a su hermana. Qué dolor y soledad tan grande debe haber en el corazón de quien comete aquel acto, piensa.

—¿Y aún duele? —quiere saber la chica, para calmar su propia pena.

—Siempre... —responde el pintor con lágrimas en sus ojos ciegos— Duele la angustia, la incertidumbre, el insomnio, los motivos, los sueños, lo no dicho... Me duele que me haya dejado vivir sin ella, que me dejara el silencio de los dos, que nos quitara cualquier posibilidad... pero elegí vivir, también por ella.

—Perdón —dice Elena, sin poder contener el llanto, un grito se le acumula en la garganta mientras sale corriendo de la habitación.

"Perdón" retumba la palabra en la mente del pintor, potente, directa, profunda. Esa palabra llega en el momento preciso para limpiar las culpas añejas, las lágrimas coaguladas, los vacíos sedientos de ocupar más lugar en el alma, los suspiros sin aliento. Una palabra que parece provenir, como un bálsamo, desde lo más lejano del mar, una voz que se le acomoda en el pecho en un símbolo de gratitud por los años de adoración, de permanencia, de memoria.

Entonces Martín se levanta para ir detrás de ella. Pero antes de que salga le pregunta el viejo:

—Ella no es Liza, ¿verdad?

—Es su hermana Elena.

—Elena... —repite el pintor en la soledad.

La joven, hincada en el muelle y con la vista al mar, llora por primera vez la muerte de su hermana. Desde el accidente había escondido sus sentimientos ante la gente y ante sí misma. Sentía que si lloraba, se desmoronaría, pedazo a pedazo, hasta quedar sin nada que la sostuviera. Pero las palabras de aquel pintor le llegan hondo, le hacen verse reflejada de manera íntima y directa.

—¡Liza! —grita Elena al horizonte— ¡perdóname!, ¡te quiero! —unos pasos se acercan, acompañando su dolor. Es Martín, quien se sienta a su lado y le da un abrazo.

Las olas se estrellan en el risco, mientras el sonido del viento, apenas perceptible, lanza en respuesta un sutil lamento.

Junio 10, 2012.

He terminado oficialmente el año escolar. Mañana salgo al pueblo para pasar una temporada con los tíos: aire fresco, el mar, nuevos paisajes... nada mal para una chica que necesita reconstruirse.

Los planes de la fiesta de cumpleaños cambiaron. Este año la pasaré lejos, Elena aún está en el final del semestre y debe quedarse con mis padres.

Le conté de mi viaje a Brenda, con quien tomé un café hace unos días. Me comentó que el "susodicho" no deja de preguntar por mí, cada vez que va a visitar a tu hermano. Incluso me entregó, a nombre de él, un paquete sellado. A pesar de que ella se negó, él le aseguró que era de despedida.

Sentí un repentino hueco en el estómago.

Caminé de vuelta a casa y lo abrí, como en ese último arrebato de supervivencia en el que el náufrago quiere encontrar algún objeto que lo ayude a salir a flote o terminar de hundirse.

Era un libro de mi autor favorito, junto con una carta.

"Preciosa, sabes que no soy bueno escribiendo cartas y tampoco expresando mis emociones. Pero hoy que te siento lejos, quisiera alargar mis brazos para retenerte y cubrir con mis besos tus heridas..."

Palabras de arrepentimiento y amor que ya no tocaron, como antes, mi alma.

Fue como leer los parlamentos de un personaje ajeno, ficticio, de novelas malas. Uno de esos que no tienen mayor credibilidad, que se quedan pegados en el papel, sin vida.

Ya ni siquiera pude recrear el rostro que está detrás de esas frases vacías, que cayeron, una a una, sin posibilidad de rescatarlas, por ahora... No sé... quizá después...

IX

A la siguiente mañana, dos besos en la frente despiertan a Elena. Son sus padres, quienes han viajado desde la ciudad para pasar juntos esos últimos días de descanso.

La joven los abraza emocionada, es una sorpresa maravillosa que la llena de paz. Después de los recientes acontecimientos, es como si la presión que le oprimía el pecho se hubiera desvanecido para dar cabida a cosas nuevas. Aquel viaje, sin duda, la ha hecho distinta. Ella quiere platicarles los detalles de aquellos días: sus paseos en bici, la leyenda de la mujer del muelle, la charla con el pintor, su nuevo amigo Martín.

Las palabras se agolpan para expresarse, han sido tantas emociones juntas...

Los tíos proponen salir a comer al pueblo.

De nuevo, Elena ve a sus padres tomarse de la mano. Seguramente ese tiempo a solas les sirvió para reencontrarse, piensa.

Entre risas y recuerdos, la familia disfruta del paseo. La tía Berta está feliz platicando con su hermana cuando, de pronto, ven pasar a un par de hombres cargando un féretro rumbo al cementerio. Una corta procesión le sigue con pequeños ramos de flores blancas.

Entre el séquito va la mujer que ayudaba al pintor. Elena se acerca a ella y le pregunta qué ocurrió.

—Fíjese que nuestro querido pintor murió ayer en la noche. El doctor dijo que fue a causa de su problema en el pulmón pero, desde que regresé del mercado, lo vi diferente. Incluso parecía contento. Volvió con lo mismo de que Elena lo había visitado y que ya podía irse en paz. El pobrecito ya presentía su final —explica la mujer, mientras se va alejando con el resto de la gente.

La familia regresa a casa. El tío Ciro le muestra a su cuñado los álbumes de fotos, mientras platican de los viejos tiempos.

La tía Berta pone un disco de música clásica y saca del cajón una pequeña libreta de pasta roja que les entrega a Elena y a su madre.

—Cuando supe que vendrías a visitarnos, —dice, dirigiéndose a Elena— arreglé la recámara y la encontré tirada debajo de la cama. Supongo que se le habrá caído a Liza, la última vez que estuvo aquí.

Elena toma la libreta que le resulta familiar. Al abrirla, se da cuenta que es el diario de su hermana, el que guardaba celosamente... Al recordar la letra de Liza siente un nudo en la garganta y voltea a ver a su madre, quien asiente con la cabeza para que se lo quede.

—Lo he mantenido guardado hasta encontrar el momento preciso de entregárselos. Creo que sólo a ustedes les corresponde saber lo que dice adentro —confirma la tía Berta.

La joven no quiere esperar ni un minuto más para leerlo aunque, al mismo tiempo, siente miedo de enterarse de cosas con las que aún no pueda lidiar. Es como si irrumpiera un espacio ajeno, privado, y extrajera algún tesoro que no le pertenece. Aquel regalo es el más delicado que jamás haya recibido. Sabe que esa noche será larga.

Junio 25, 2012.

Estas semanas en casa de la tía Berta y del tío Ciro han sido geniales. Me han mostrado su huerto y los alrededores, incluso conocí a la leyenda del pueblo: un viejo pintor que vive recluido en su casa, casi al lado del faro. Lo conocí el día en que Teresita, la mujer que lo ayuda, lo acompañaba a dejar unas flores en el acantilado, donde años atrás murió su prometida, Elena (se llama como mi hermana, a quien le contaré esta historia apenas la vea).

Desde entonces lo he ido a visitar a su casa. Es un hombre solitario que, a pesar de estar ciego, es capaz de mirar las almas.

Del mismo modo en que él me compartió su historia trágica de amor, yo le conté de la mía con Abraham.

Me sentí tan aliviada de poder contarle a alguien lo que había vivido. Hoy sé que mi familia, también hubiera estado ahí, desde el inicio, escuchándome. Y quizá con sus regaños o consejos nunca hubiera salido con Abraham. Les debo la verdad y hablaré con ellos a mi regreso. Les pediré perdón por mentirles, por no corresponder a su amor, con mi confianza, y les diré cuánto los quiero. Eso también me lo debo a mí misma.

Julio 5, 2012.

Debo reconocer que aún quedan rezagos del miedo, de inseguridad por volver a enamorarme de la persona equivocada… De pronto mis sentimientos se agolpan y me confunden. Hay momentos en los que me descubro recordando a mi ex novio con una sonrisa, cuando todo era de ensueño y me imaginaba de su mano para el resto de mis días. Y después cae la lápida de la humillación, los chantajes, los golpes.

Paso de extrañarlo a odiarlo.

¿Será posible que las personas cambien, que se puedan borrar las heridas y recobrar la confianza?… eso es lo que él me ha repetido en los últimos mensajes que me ha enviado al celular: que cambiará. Que ha comprendido el grave error que cometió conmigo y que jamás volverá a pasar. Que me ama por sobre todas las cosas y no quiere perderme.

¿No será que exageré el asunto del antro y, tal como dice, bajo el influjo del alcohol no era él mismo?

Quisiera creerle, desearía volver a sentir, en sus abrazos, la sinceridad de esas palabras y tener la fortaleza de no volver a permitirle lastimarme.

Irá a buscarme en la estación del tren para platicar sobre lo ocurrido.

X

Ha llegado el momento de partir. Martín apenas llega a tiempo para despedirse de Elena, se le nota triste.

—Toma —le da una libreta envuelta en papel de regalo—, para que escribas una nueva historia.

—Te doy mi dirección para que me escribas —responde Elena, mientras le entrega una nota junto con el libro de *La Llorona*, que ya no está incompleto, ahora tiene un final que escribió Elena.

—Mi abuelo dice que irá dentro de poco a la ciudad para arreglar unas cosas. Ps, te aviso para vernos, ¿de acuerdo? —Elena se abraza con fuerza a su amigo.

La camioneta arranca y se va alejando por el camino. Los tíos y Martín, dicen adiós.

Después de leer el diario de su hermana, Elena está convencida de que Liza no se quitó la vida, como supuso la policía. Cada uno de los detalles que leyó en aquellas páginas, se relacionan perfectamente con lo que ella observó en la actitud de su hermana. Ahora entiende sus estados de ánimo, su lejanía e incluso las marcas en su cuerpo.

Si alguna vez Elena sintió fallarle a su hermana por no entender las señales de su situación, ahora sabe que éste es el momento de hablar por ella. La respuesta está ahí, en su diario, en esas líneas a través de las cuales pide ayuda.

En esta ocasión no guardará silencio. Les relata a sus padres cada detalle, sin omitir el nombre que mencionó el pintor, al confundir a Martín con un tal Abraham.

Sabe que Liza tenía una relación violenta con ese chico. Incluso ese nombre coincide con la inicial que aparece en los corazones que dibujó su hermana en la libreta L y A (Liza y Abraham), al igual que su seudónimo en la carta.

Lo último que escribió su hermana en el diario es que él iría por ella a la estación del tren, para hablar sobre su situación, es muy probable entonces que fuera la última persona que la viera con vida antes de lo ocurrido.

Les darán todos esos datos a la policía para que investiguen sobre el asunto. La muerte de Liza no debe quedar impune.

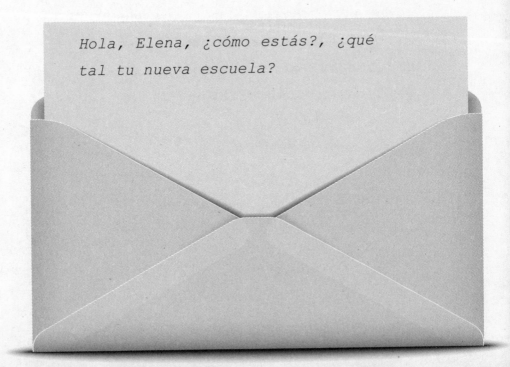

Hola, Elena, ¿cómo estás?, ¿qué tal tu nueva escuela?

El próximo semestre me postularé para recibir una beca en el extranjero y especializarme en lo que me gusta: murciélagos. Por lo pronto, después de clases, estoy haciendo mi servicio social en el zoológico, donde me dejan hacer algunas curaciones a los animales enfermos (supongo que al encargado no le gusta hacerlo) y estoy aprendiendo mucho, aunque ya no puedo ayudarle tanto a mi abuelo en la mecánica.

La casa del pintor se ha convertido en un museo con todos sus cuadros. Teresita, la mujer que lo cuidaba, ahora se encarga de explicar a los turistas "la leyenda de la joven del muelle y su eterno enamorado". Ha llegado a decir que el fantasma fue quien se lo llevó porque, la misma noche en que el hombre perdió la vida, la imagen tan real de la rubia desapareció misteriosamente del cuadro... que ahora sólo aparece el mar en esa pintura. ¿Verdad o mentira?, ¿cómo saber?

A veces me encuentro a tus tíos en el mercado y les pregunto sobre ti, ojalá te pasen mis saludos.

A fin de año acompañaré a mi abuelo a la ciudad y aprovecharé para visitarte. Pero, escríbeme antes.

Tu amigo, Martín.

XI

La familia Durán se ha mudado de casa. Elena estuvo de acuerdo en donar la mayor parte de la ropa de su hermana a personas necesitadas. Sólo se quedó con un par de suéteres y, por supuesto, con todos sus libros. Se ha dado cuenta de todas las conversaciones que se perdió con Liza al no haberlos leído cuando ella vivía. Seguramente hubiesen podido platicar durante horas sobre los personajes y las tramas. Aún así, hoy los lee a conciencia porque siente que conoce más a su hermana, a través de esos gustos.

Elena entró a la preparatoria pública y ha hecho nuevos amigos, pero sigue en contacto con Martín.

Su idea sobre volverse arquitecta ha quedado atrás, hoy está decidida a estudiar psicología. Elena habla constantemente con sus tíos, quienes le han contado que el crisantemo que plantaron en memoria de Liza tiene muchos retoños y que plantarán otro más del otro lado de la entrada.

En cuanto a la ausencia de Liza, sus padres y ella lo han ido superando, poco a poco. Luego de conocer la verdad sobre su fallecimiento y la sentencia al culpable, asisten a terapia familiar y comparten su experiencia en conferencias escolares:

"Mi nombre es Elena y quiero compartir con ustedes mi experiencia... Solemos pensar que todo en nuestra vida es estable: nuestra familia, los amigos, la escuela, la salud. Sin embargo, de un segundo a otro, algo puede pasar que transforme todo por completo.

Perdí a mi hermana y junto con ella mi alegría... Nunca había caído en cuenta de lo mucho que ella significaba para mí hasta que ya no estaba a mi lado.

Fue con algunos detalles cuando realmente valoré su risa, sus enfados, incluso sus miedos...

Ha pasado un año desde su homicidio, y aunque ese vacío nunca lo podremos llenar, mis padres y yo supimos que sólo unidos lograríamos salir adelante de esa pérdida y que compartiendo lo ocurrido, quizá, podríamos alertar a otras chicas para que no les suceda lo mismo.

Cuando nos informaron sobre su muerte, al principio no lo creía, era como si todo estuviera ocurriendo fuera de mi entorno, como parte de una película, en donde la escena es trágica, pero no permites que te afecte.

Aunque veía llorar a mis padres, yo no podía. Estaba en una especie de negación, en un mal sueño del que creía que iba a despertar. Sin embargo, no fue así, los días pasaron y, poco a poco, el peso de mi dolor era más grande y no sabía cómo sobrellevarlo.

Entonces pasé por una etapa de enojo contra el destino por haber permitido esa desgracia, contra mis padres por distanciarse en esos momentos difíciles, contra mi hermana por no haberme contado lo que le ocurría pero, sobre todo, contra mí misma, al haber callado tanto tiempo lo que intuí y vi durante esos meses y que quizá hubieran podido cambiar ese final.

Estaba tan confundida, con la mente y el corazón tan revueltos, que no podía pensar con claridad. Fueron momentos muy duros: además de la ausencia de Liza tenía que lidiar con el cambio de casa que habían propuesto mis padres, el fin de cursos y la elección de una prepa.

Yo no quería nada, ni ayuda, ni compasión, ni palabras sólo sentía la necesidad de huir y perderme en un mundo donde nadie me molestara o alterara mi tristeza. En ese entonces, yo había elegido sufrir, lamentarme por lo ocurrido. Estaba cegada, recluida tras de un muro, que yo misma había construido para no dejar pasar a nadie.

Pero después de escuchar las historias de otros sobre su propia pérdida: la de sus padres, en el caso de mi amigo Martín; la de una novia, en el caso del pintor, me di cuenta que no era la única que había pasado por eso y que, contrario a lo que pensaba en ese instante, era posible ver las cosas de diferente manera, sin el peso de la culpa, del enojo o de la depresión.

De ellos aprendí que uno debe rescatar lo positivo de cada mala experiencia. Que aunque existan cosas inevitables que te causen dolor, sólo una buena actitud ante ellas logrará que encuentres fuerza para seguir adelante y aprender del pasado.

Sé que a veces es difícil ser fuerte, que cuesta mucho tiempo y esfuerzo romper con recuerdos, situaciones o personas que nos hacen daño. Pero es fácil encontrar motivos para volver a sonreír, como toparte con personas que, con una palabra, un gesto o su presencia, te recuerdan lo valioso que aún tienes por compartir y disfrutar.

Hoy, gracias a las terapias, sé cosas que a mi hermana le hubieran servido conocer. Como que el comportamiento abusivo y de control en la pareja, no es un símbolo de amor o afecto, sino de maltrato y destrucción, que suele venir acompañado por chantajes, supuestos arrepentimientos del agresor o miedo, en quien lo padece.

Para Liza, eso era lo normal. En su afán por no perder a su primer amor, perdió el respeto a sí misma y no era capaz de ver que esa relación la denigraba, la frustraba y la orillaba a hacer cosas que no quería.

Reconocer la violencia física, psicológica, verbal o sexual le hubiese permitido terminarla a tiempo y conservar la salud, la dignidad y la vida.

Los peores actos de violencia suelen cometerse bajo el estandarte del amor. Ese sentimiento no se mide por la cantidad de poemas que te escriban ni por las veces que te besan o el sinfín de regalos que te den. No importa qué tanto te digan que te aman, lo que te prometan, lo mucho que se disculpen, son las acciones las que marcan la diferencia.

Limitar tus actividades o abandonar a amistades por celos de tu pareja no es sano. Presionarte para tener relaciones sexuales, exponer tu intimidad o atentar contra tu salud no está bien.

El verdadero amor se demuestra en actos de respeto, consideración y compromiso con el otro. Y esos actos debemos dárnoslos nosotros mismos para poder exigirlos.

Cada uno es el principal responsable de cuidarse a sí mismo, por lo que debe denunciar cualquier tipo de conducta nociva que afecte la integridad de su persona.

Liza debió aprender a decir "No" a las cosas que no quería hacer y con las que no estaba de acuerdo.

Callar es someterse y aceptar la violencia.

No al silencio.

No a la agresión.

No más muertes como la de Liza.

Por que esto no es amor.

JOVEN SE DECLARA CULPABLE DEL ASESINATO DE SU NOVIA

La Procuraduría de Justicia informó la detención de Abraham Cásares, presunto homicida y quien fuera pareja de Liza Durán, la joven que fue hallada el pasado mes de julio, en el canal oriente de aguas negras.

Tras incurrir en varias contradicciones durante los interrogatorios, Cásares finalmente confesó lo ocurrido aquella noche: después de recoger a la víctima en la estación del tren, subieron al vehículo del presunto homicida donde estuvieron discutiendo, debido a que la joven ya no quería continuar con el noviazgo.

Ante el inminente rechazo, el joven perdió el control y empezó a golpear a la joven, por lo que ésta decidió bajar del automóvil. Abraham Cásares la siguió y le lanzó una enorme piedra a la cabeza, perpetrando así el homicidio. Minutos más tarde, el joven se deshizo del cuerpo, arrojándolo en el canal de aguas negras de oriente, donde fue hallado una hora después.

Peritos especializados de la policía judicial analizaron el vehículo del homicida y encontraron algunas pertenencias de la víctima, lo cual se anexó al expediente como evidencia.

Cásares fue sentenciado a cumplir una sentencia de 40 años de prisión por homicidio doloso.

Según el último informe del INEGI, los casos por violencia entre parejas han ido en aumento; destacando que, la mayoría de las veces, no se presentan denuncias previas en contra de los agresores porque las víctimas consideran que no son formas de violencia, lo cual facilita la perpetración del delito.

47% de las mujeres mexicanas, alrededor de los quince años de edad, afirma haber sufrido algún tipo de violencia por parte de su pareja: psicológica, verbal, física o sexual. Lo cual tiene repercusiones en su estado anímico, en su salud física, en sus relaciones sociales o familiares, en su desempeño escolar, incluso puede llevarlas a atentar contra su propia vida.

Es indispensable atender este tipo de conductas, solicitando ayuda en centros especializados para dicho fin.

Decía que cada persona tenía designado un perro que la esperaba después de la muerte para ayudarla a cruzar el río que rodeaba los nueve infiernos y llegar a salvo a su destino, el Chicunamictlan o, en su caso, ayudarla cuando aún no era el momento de morir. Por eso era importante acompañar a los moribundos de un perrito color bermejo...

Fue entonces cuando Inés se perdonó y decidió luchar por su vida. Antes de exponer a la acusada en la tarima, Acatzin desató las manos de su hermana y corrieron hacia un potrero para subirse a un caballo y galopar hacia el horizonte, donde les esperaban todos esos lugares que, cuando aún vivía su madre, les contaba en sus relatos...

Para Martín, de su amiga Elena

Esto no es amor de Christel Guczka
se terminó de imprimir y encuadernar en mayo de 2014
en Quad/Graphics Querétaro, S. A. de C.V.
lote 37, fraccionamiento Agro-Industrial La Cruz
Villa del Marqués QT-76240

Dirección editorial, Yeana González López de Nava
Edición, Miliett Alcántar
Cuidado de la edición, Alma Bagundo
Asistencia editorial, Carmen Ancira
Diseño, Sergi Rucabado Rebés